怎能忘記我愛你

Don't Forget I Love You.

AUTHOR／H

目錄

CONTENTS

PREFACE

自序

為了進入這個行業，我開始去看了一些國內小說家的作品。觀察後，果然風格各異。我想，可能在本質上相差不少吧，因為一直到現在，我還是不習慣稱我自己是寫書的人、或是作家、或是網路作家。

我還是覺得自己當創意人來得好些。

感覺上，框架模糊些，空間也大一些。

前一陣子，看了幾米描寫關於自己創作的書，裡面他提到，他有一種本領，可以將看過的畫面記住，可以依此創造出很多屬於幾米的世界。

看著看著，我想了想自己，有類似的能力或是習慣嗎？

結果，我發現自己，對於感動的暗記能力很強呢！

也就是說，如果在生活中，我看到的人事物，有任何會令我感動的瞬間，我都會習慣性的將它記在心裡……

書本或是電影的情節橋段，就更別提了。我想起了我曾經將港劇《鹿鼎記》的最後一集，租了將近二十次，只為了複習梁朝偉飾演的韋小寶所帶給我的感動……

好喜歡複習感動……

於是，我試著想像，哪一天我記得所有的事情，卻忘了所有的感動，我會有多痛苦，也因此寫出了「怎能忘記我愛你」這篇小說。

這個故事，我想傳達很多想法，只不過到頭來，可能傳達的有限了，希望各位可以將想像力調整到高一點的刻度，這樣的話，就可以讓感動度倍增……

我的第三本書，希望你們喜歡。

序曲

我在心裡想，我絕對、絕對，不能再忘記這段時光。

這一瞬間，他的每個姿勢、每種動作，好像都變成了慢鏡頭一般，在我的瞳孔裡慢速播放著。

而我，聚精會神地看著，捨不得漏掉他的每一個姿態，只因為我深刻的體會到，這個人……對我來說，真是這世上最重要的一件事物，我不能錯過，我也不會再錯過。要將這感覺，好好的、深深地，放在我的口袋中，細心保存珍藏著。

而我相信，這就是愛情。

因為我臉頰上緩慢落下的眼淚，做出了最好的註解。

CHAPTER 01 ／ 規律

下課鈴聲響起，我知道，今天和這群小朋友相處的時間又到了一個段落。

「好的，那麼今天我們就上到這裡了……」我將手上的英語教材闔起。

「謝謝 Sara 老師！」一群小蘿蔔頭，齊聲對我大聲叫著，沒多久，大家爭先恐後的衝出了教室外。

我滿足的擦了擦背後的黑板，準備離開教室。

我是 Sara，一個二十六歲的小學英語教師。任教的學校離我住的地方不遠，搭捷運的話只要三站，這一年來，這樣的行程一直很規律。

我慢步走出教室，準備繞著操場走出校門。途中遇到了幾位也很年輕的老師，紛紛和我打招呼。

惟獨一位叫做 Jane 的年輕教師。

Jane 是隔壁班的英文老師，外表很時尚，穿著打扮總不太像小學老師的樣子。不像我，成天穿著標準的套裝，深色的服裝，讓我的年紀看起來比實際大上不少。

不過，我也習慣了。

「Jane，再見！」我開心地向 Jane 揮舞著手，不過她卻像是沒看到我這個人似的，快步離開。這一年來，其實都是如此。

我無奈的苦笑。

我覺得，我很喜歡 Jane。甚至我懷疑自己在內心深處，是渴望著像她那樣的，雖然說，我對於自己目前生活的一切，都感到非常滿意，但是 Jane 的打扮、個性、或是生活方式，都是我嚮往的。

而且特別的是，我對於 Jane，有一種說不出來的親切感，就好像我們已經認識了很久似的。

雖然她不太理我。

坐了十分鐘左右的捷運，回到了家。然而在玄關處，我看到了兩雙別人的球鞋。

「Sam！」客廳內，父親正與 Sam 以及 Howard 坐在沙發上，雖然 Howard 是我的男朋友，但是不知怎麼地，看到 Sam 卻讓我更加開心點。

「Sara，下課了？」Sam 一看到我便很開心的站了起來。

「對呀，對呀……Sam，你坐……」我一進客廳便很自然的坐在 Sam 的身邊，自始至此尚未理會過 Howard。

「今天怎麼有空，把你這風雲人物吹來了？」我開心的看著 Sam。

Sam 笑笑的看著 Howard，看著我的老父。

「你們兩個……大好的喜事，你說我能不來參與嗎……？」

我感覺到我臉上的笑容，逐漸凝結。

「對呀……對……我和 Howard 就快要結婚了。」

我看著 Howard，他那木訥的臉上，看不出絲毫的情緒。

「所以呀，我就應這對岳父子的要求，來聽聽看，我能夠幫上什麼忙呀……」

的確，這是三天前的事件。

當天晚上，Howard 坐在我們家的餐桌上，和我最親愛的父親、母親，開心的共進晚餐。

所謂的開心，其實是很沉默的。

因為 Howard 沉默寡言，基本上在一餐內，不會講超過三句。

只不過，當天興致高昂的父親，卻當著大家的面，問我願不願意嫁給 Howard。

我心裡清楚，爸媽希望我與 Howad 結婚，因此當場我也不置可否。

但我斷然沒想到，這件事情已然成了定局，他們也開始籌劃了起來，甚至還已經找來了幫手。

「Howard 真的是太好命了，想不到可以和我們學校最活躍的校花結婚～」

Sam 的話說到一半，就發現父親和母親的臉色不太好看。

「唉唉……我說了太多廢話啦，總之，婚禮上，我當伴郎兼總招待，一定會將婚禮辦得有聲有色，給 Sara 一個世紀婚禮的……」

我強顏歡笑。

父親和母親都是退休教師，對於婚禮的安排，還能有多特別我能想像，而當我看著木訥的 Howard 以及爽朗的 Sam 時，我不禁想起了 Jane。

我在想，如果是 Jane 結婚的話，一定會是一場非常與眾不同的婚禮，而她的老公，也應該是像 Sam 一樣，那麼的活潑和引人注目，這才是所謂的世紀婚禮吧。

沐浴過後我回到了自己的房間，看著鏡子裡的自己。

黑框眼鏡、素面睡衣、老實的白色內衣，純淨的連一點花邊都沒有。

想著 Jane 的中空裝打扮，顏色鮮豔的大耳環，我忽然覺得，自己就像是童話故事裡面的灰姑娘一樣，那麼的不起眼。

不過，想到父母他們兩老欣慰的表情，我想，這場婚禮，我是怎麼樣也不可能改變了。

我打開了衣櫥，看著裡面清一色的素面套裝，原本湧出的一點點新鮮念頭，打算明天也做點不同風格的想法，瞬間消失殆盡。

望著窗外的星星，我帶著點滿足，帶著點感恩，卻也帶著點遺憾。

我的生活如此平靜而安穩，這麼好的父母，這麼好的未婚夫，這麼穩定的工作，但在這當中，我竟然有一點點「人生如果能重來就好」的念頭。

如果我更活潑些，如果我敢讓生活更添些色彩的話……

畢竟，現實歸現實，我開著床頭的小燈，只能鑽進翻譯小說裡面的世界，稍微讓自己的想像得到伸展。

CHAPTER

02 ／ 意外

婚禮當天。

在新娘房裡有正梳化妝的我，以及一旁忙得不亦樂乎的友人。

「Sara，妳今天好美喔！」

「Sara，好漂亮喔！」

一堆朋友來來去去，奇怪的是，有些人我竟然都叫不出名字。

「Sam，這些人，都是你找來的嗎？」忙著當總招待的 Sam 剛好走進了新娘房，我抓住機會詢問。

「差不多呀……怎麼了？」

「怎麼，我覺得有些人我都叫不出名字呀？」我問。

「喔……有些人是以前隔壁班的啦！所以妳可能見過，但是不認識吧！」Sam左顧右盼的，看起來像是很忙。

「喔……」

「好啦，我先去忙啦，妳準備好，等等新娘要出場啦……」

「……嗯」我點頭示意著。

小小的新娘房裡面，擠著好幾個親朋好友，有人幫我梳頭髮，有人幫我化妝，還有兩個表嫂的小孩，準備當我的花童。

「你們兩個等等要好好的拉好阿姨的婚紗裙襬喔，不可以讓阿姨絆倒。」

「好！」兩個小孩齊聲點著頭。

看著鏡中的自己，我有點認不出來，有點恍神，我知道Howard正西裝筆挺的站在外面等候著我，準備與我一起步上紅毯。

不知怎麼地，我的心中竟興起了想逃的念頭。

因為，我真的不確定，我愛的是否是 Howard。

忽然，鏡子中，我的背後出現了一個熟悉的身影。

「Jane！」我高興的猛一回頭。

Jane 還是打扮的非常有個性，完全不像是要來參加婚禮的。

「謝謝妳來參加我的婚禮……」我的話尚未說完。

「別搞錯了，我不是來參加妳的婚禮的。」

「那……」

Jane 從上到下打量著我全身，輕蔑地笑了出來。

「切！妳這是什麼打扮，妳要演戲演到什麼時候呀？」

我一頭霧水。

「妳覺得妳可以這樣掩飾自己的個性，掩飾到幾歲？四十歲？五十歲？妳以為妳可以這樣欺騙 Howard 一輩子？」

我有點傻了，然而 Jane 的話顯然還沒有停。

「重點是，是誰和我說過，她不會喜歡像 Howard 這樣愣頭愣腦的呆子？是誰告訴我，Howard 這種男人，就算全世界只剩他一人，也不可能會和他在一起。」

Jane 說話的同時步步逼近，而我則是步步退後，一直到靠在梳妝台前面了。

「出了社會，是妳和我說不要社會化的，那麼現在又是誰，裝得一副乖乖牌，讓全校師生都喜歡妳的。」

坦白講，我完全不知道 Jane 的說話內容意義為何？因為從她講話的口氣聽起來，似乎我和她是有一段非常緊密的過往。

「我不知道妳是真的喜歡 Howard，而 Howard 又是否喜歡真正的妳。」

「可是妳不覺得，就這樣結婚了，很愚蠢嗎？」

Jane 看著我激烈的說著，但我的身體卻動彈不得，腦袋也是一片空白，我真的不知道，我應該用什麼反應來面對她的指控。

Jane 站著看著我好幾秒，最後終於決定，平復自己，然後轉身離開。

而我，則是繼續愣在現場。

一直到 Jane 走出了新娘房後十秒鐘左右，我才驚覺到，不應該讓事情這樣不清不楚的待續著。

於是我提起我的新娘服，趕緊衝出新娘房，打算追到 Jane，問清楚這一切的原委。

「妳去哪裡呀，Sara？」化妝師看我準備跑掉，大聲叫著。

而兩個小花童，被賦予的使命就是，新娘走到哪裡，他們兩人就要跟到哪裡。

於是當我拎著白紗往外跑的同時，兩個小花童也趕緊跟在我身後，兩雙手舉得高高的，準備揪我禮服的下襬。

從新娘房出來後，是一大片樓梯，下了這幾十層的樓梯之後，才可以正式進入大廳的樓層。

當我衝到樓梯前，準備往下跑的時候，兩個小花童正好追了上來，兩位非常盡忠職守的同時拉住了我的禮服下襬，而這時我整個人正打算往前衝，被這拉力往後一扯，失去重心，我身子整個往前傾。

可是兩位小花童的力氣，又不足以支撐我這阿姨的體重，一拉之後，驚然鬆手，所造成的結果，就是我整個人頭重腳輕，往樓梯下滾了下去。

這幾十階的樓梯，成了意外的殺手，每一階都重重的重擊了我的腦袋。最後我失去了意識，趴在樓梯最下層。

於是這個婚禮，宣告停止。

原因是，新娘腦震盪。爸媽趕緊昭告親友，婚期延後、另行通知。

在失去意識之前，我依然記得 Jane 的嘴臉。那個我原本印象很好的 Jane 的嘴臉……

CHAPTER

03 ／ 遺忘

張開眼睛後看到的影像是模糊的。

我盯著同一個地方約莫五秒後，我才發現，我沒戴眼鏡。

「……我的眼鏡呢？」我低聲輕微的呢喃著。

就像是許願般，眼前立刻就出現了一雙手，拿著我的黑框眼鏡到我面前。而當我緩慢的戴上眼鏡之後，我看清楚了，實現我願望的人，是Howard。

「妳還好嗎？」Howard木訥的臉上，看得出疲憊的神情，看來，他是在這邊照顧了我一陣子了。

我用手將上半身撐了起來，坐在病床上。

「我……怎麼了？」

「輕微腦震盪，還好……很快就可以出院了。」Howard說著。

我沒有什麼反應。

Howard見我無反應，拿起了病床旁的水果。

「來，妳最愛吃的鳳梨。」Howard用叉子叉起了一片鳳梨，往我嘴邊送。

我一聞到鳳梨味道，立刻將Howard推開。

「我不要吃啦！」我有點驚訝自己的反應，想必Howard更是。而這時候，我開始懷疑起，自己怎麼會愛吃鳳梨這件事情。

「這種東西……誰會愛吃呀！」我的語氣，也壓抑不下來，我感覺，現在在說話的這個人，有點不像是自己。

Howard依舊不疾不徐地撿起掉在地上的鳳梨。

「沒關係，不吃鳳梨，吃別的……」

「不要！誰說我一定要吃東西的，你不用幫我決定！」我的理智告訴自己，不應該這麼說話，但，就是沒辦法。

這時，我緩緩的站起身來，走到了廁所，看著鏡中的自己，我大叫了起來。

「為什麼，為什麼我要戴這麼醜的眼鏡？為什麼我的髮型，剪得這麼難看？誰幫我把隱形眼鏡拿來……」

我歇斯底里的叫著，Howard只是站在一旁看著。

「Sara……妳……認得我嗎？」Howard說。

「當然認得，我們差點要結婚不是嗎？」像是想到什麼似的，我又開始大叫。

「啊！我怎麼會和你結婚呢？你這個傻小子，我怎麼可能和你結婚呀！」

Howard站著，一句話也無法回。

「是妳……妳爸……」Howard支支吾吾。

「關我爸屁事！結婚這麼大件事情，關我爸屁事！」我覺得我這樣說話好自在，雖然，好像和原本的自己不太一樣。

Howard 一時之間，不知道如何應付我，摸了摸鼻子之後，他拿出了自己的背包，從裡面取出了好幾本書。

「這個……妳最愛看的翻譯小說，妳住院這幾天，可以好好的閱讀。」

我隨手翻著 Howard 交給我的書。

「有人跟你說過，這種書好看？」我很兇，我知道。

「……這……」

「有人和你說過，我喜歡看這種書的嗎？」而且我越來越兇。

「妳上禮拜還在看這些書的……」Howard 幾乎無法招架。

我把整疊書拿起，丟到垃圾桶中。

「這種東西，有什麼好看，你要的話，去幫我買漫畫過來，聽到沒有？」

Howard 連忙點頭走出病房。

看著空曠的病房，我開始覺得不對勁。

我不懂這一切怎麼會發生。我不喜歡吃鳳梨，我不喜歡看翻譯小說，我更不想和 Howard 結婚，可是看起來，似乎我有一段時間，熱衷這樣的生活。

難道我有雙重人格？

有些事情我想不起來，有些感覺卻非常模糊，我開始回想我為何會腦震盪的原因，進而想起了 Jane 的嘴臉，想起了新娘房內的事情。

「對了！這傢伙，幹嘛對我這麼兇啊？」

我能夠確定我以前一定和 Jane 很熟，但我一下子想不起來，這中間發生了什麼事情，但我能確定的是，這樣的個性和講話方式，才是真正的我。

「我的確答應了要和 Howrad 結婚，可是，為什麼呢……」

「因為老爸說了算？我什麼時候開始這麼聽老爸的話……」

我漸漸發現，這些事情似乎很重要，我似乎想起了很多，但我似乎遺忘了很重要的事情，我卻一直想不起來……

CHAPTER

04 ／ 歸位

無事返家。

一進家門，我就要老爸、老媽坐在客廳，因為我得要好好的調查一番。

「說！老爸！這一切是怎麼一回事？」我的手指著老爸，相當不客氣。

老爸深深的嘆了一口氣，有種「事跡敗露」的神情。

「沒辦法，妳還是恢復記憶了……」

「呃？」這話是什麼意思？

「Sara，其實也沒有什麼很大的祕密，只不過在一年多前，妳出了一次車禍……」母親用溫柔的聲音，娓娓述說著。

「那一次車禍，把我們兩個嚇壞了，但是我們兩個趕到醫院後，妳卻是看起來一點外傷都沒有。」老爸說。

「當時妳和幾個朋友特別好，包括了Sam、Howard，還有……那個女孩子叫什麼來著？」

「Jane……」老媽幫著老爸說出了Jane的名字。

我恍然大悟，果然。

「Jane當時在國外遊學，因此得知消息時，只有Sam和Howard兩個人立刻趕來醫院看妳。」

「不過很特別的是，妳的大部分記憶都消失了……」

「連你們兩個人嗎？」我忍不住插了嘴。

「不，妳記得我們兩個……只不過，對於Howard或者是Sam，就大概只記得他們是大學同學，而一些細節就全都忘了。」

「醫生說，妳這種情況有可能好轉，也有可能，一輩子都想不起來……」

我瞇著眼看著老爸。

「只有這些嗎？應該不只吧……」

老爸有點不耐煩的站了起來。

「唉，大概就是這樣呀！」

我閉上眼睛，腦袋快速的運轉著。

「可是，就算我有部分記憶不見了，我平時穿的衣服，不應該是現在衣櫥裡面那些吧……」

老爸聞言一驚，臉上盡是尷尬神情。

「……就……差不多那些衣服呀！」

我看著老爸的樣子，大概可以猜測得到，這一年來他們趁著我失去記憶，而幹了什麼好事。

「嘿嘿，我現在印象慢慢復甦了喔，小時候，你們總是希望我做一個含蓄、有禮貌的女孩，對吧！只不過老娘我，完全不吃這一套……」

父親的神色越來越驚慌。

「你們在一年前，發現我失去部分記憶，乾脆重新幫我塑造個性，告訴我說我本來就是這樣、本來就是那樣，對吧？」

「這……」

「甚至我明明小時候害怕鳳梨，你們卻硬要逼我吃，現在可好，趁著我暫時失憶，你們就乾脆告訴我，鳳梨是我的最愛……」我越說越快，老爸越聽臉越沉。

「你們兩個退休老師，從前就一直要我看翻譯小說，這下更好，趁著我失去記憶，丟了一大堆這種鬼扯蛋的書給我看！」

「Sara……」母親欲制止我，我強行說下去。

「Howard 和 Sam……一定是你們兩位老人家，要求他們兩個不要提起以前的事情，最扯的是，我知道你們喜歡 Howard 這種呆頭鵝，你們竟然趁我搞不清楚狀況的時候，要我當你們的乖女兒，和他結婚？」

「喂！這事情可不是我說的呀，你們兩個看起來就感情不錯呀！」

「我現在想起以前的事情了，可不代表這一年裡面的事情我忘了喔！」

「什麼意思？」

「那天晚上明明是老爸你喝多了兩杯酒，一時高興，就把我許配給了Howard，你當我不知道嗎？只有這一年來我的怪個性，才有可能會接受吧，讓我戴這種眼鏡、穿這種衣服，老媽！把我以前的東西都還給我！」

沒多久，老媽拿了儲藏房的鑰匙。

「難怪，我就覺得奇怪，我們家怎麼會有個地方我不能進去的……」

老媽看了老爸一眼，無奈的將鑰匙插進鑰匙孔內。

「咖嚓！」我知道，我的回憶，將隨著這聲音，盡數歸位。

我的隱形眼鏡、我的小可愛、我的喜劇片DVD和海賊王漫畫、我的皮靴和我打扮的行頭，全部健在。

這感覺就像是要出獄的時候，獄卒點齊了當初進牢時的物品清單，這時候一口氣全數歸還給我。

我清點了之後，將全部的東西抱往我樓上的房間。

「謝啦！」我回頭給了老爸一個微笑，卻看到老爸以手掩臉的無奈神情，我想，他心裡知道，他的野蠻女兒終究還是元神歸位了。

今天晚上，應該先跑趟夜店，喝個幾桶啤酒慶祝慶祝才是真的！

我是Sara，一個二十六歲的終極性感女教師。

CHAPTER

05／麻吉

在鐘聲響起之前，我看著全班的小朋友，似乎沒有一個人的嘴巴，是合著聽我上課到結束的。

我不知道對於小學生來講，超短熱褲或是低胸T恤，還是我剛染的金黃色短髮，哪一點是讓他們最驚訝的。

不過，我只能說我回來了，請同學們重新認識你們的英文老師。

下了課後，我輕快的走出教室，立刻就碰到了Jane。

「Hello！」我大聲喊著。

Jane看著我，好一陣子說不出話來。

「怎麼，不認得我？」我說。

「認得……」Jane 索性拿出煙點了起來。

「結不成婚，腦子又壞了呀？」Jane 說。

我勾了勾我的手指頭，示意 Jane 把煙拿過來。我接過了她手上的菸，讓她幫我用打火機點著。

「我回來了，這一年，不好意思啦……」我拍了拍 Jane 的背。

這時候，學生們都已經離開學校，我和 Jane 兩個人獨自走在學校後門前。

「妳到底發生了什麼事情啊？」Jane 問。

「不重要，簡單講就是，一年多前我出了車禍，失去了一些記憶。當初因為妳不在台灣，所以不知道這事，現在……我要把記憶找回來……」

「喔……原來……」Jane 恍然大悟。

我多吸了兩口菸後，將菸踩在腳下。

「Jane，妳喜歡 Howard 對嗎？」

「對……大學的時候，我就和妳說過……」

「那……我呢？我喜歡誰呀？」其實什麼都忘了也沒關係，但這是我唯一在意的。

「妳？拜託！誰知道妳喜歡誰呀？妳從來不喜歡人的呀！自從妳被那傢伙甩掉之後……」Jane 說。

「誰？那傢伙是誰？」

「大三那年，那個劈腿男，我們系上的學長，好像是叫做……Jay 吧。」

Jay？我好像有點印象。

「然後呢？我很傷心嗎？」

「妳當初根本是瘋了呀……拉著我和 Sam、Howard 四個人到 Sam 租的小套房，喝了三天三夜，大家又吐、又哭、又鬧的，妳都忘了呀？」

我看著 Jane。

「再多說一點……」我雙手做出「Come on」的手勢。

「後來，妳關在家裡一個禮拜，我們三個去找妳，妳死都不肯出來，然後妳就耍大小姐脾氣，妳說要我在妳家外面跳脫衣舞，必須讓妳在二樓窗口可以看到，還要 Sam 去想辦法整 Jay，最慘的是妳要 Howard 在校門口跳芭蕾迎接妳，妳才要去學校上課。」

「……我這麼糟？」我問。

「妳就這麼糟……」Jane 笑了。

「結果你們有做嗎？」

「我隨便在妳家門口晃兩下就算數啦，Sam 是說他有去惡搞 Jay，可是最好笑的是 Howard，妳知道，那傢伙平常時連上台講話都會發抖，上國際標準舞課的時候，被老師說成是肢體殘障，結果妳上學那天，他真的在校門口跳起芭蕾了！」

「別管他了，那個……Jay 現在在哪裡，妳知道嗎？」

「妳想幹嘛？現在還氣未消呀？」

「不是，我想知道我喜歡的人是哪種感覺，我怕我想不起來，我喜歡的是誰？」

「真聽不懂妳的邏輯，Jay 應該是在東區的高級音響店裡面當業務吧，妳去找找看應該可以看得到他……」

我張開雙手作勢要抱住 Jane。

「Thanks，Jane……」

Jane 笑了一下，迎合著我的姿勢，抱了上來。

「歡迎回來……」我們兩個抱在一起。

「我當初要和 Howard 結婚，妳一定嚇傻了吧……」我說。

「其實……我是真的喜歡 Howard，但是……如果萬人迷 Sara 要和我搶的話，我也只能雙手獻上。」

我將 Jane 的臉用雙手捧住。

「妳是我最好的朋友，我怎麼會做這種事情，更何況，我喜歡的人不是他！」

Jane 雙眼緊緊看著我的雙眼。

「那……是誰呢……」

我的雙眼緊緊看著 Jane 的雙眼。

「我……也不知道……」

「哈哈哈！」

「哈哈哈！」我們兩人都笑了。

忽然操場那頭傳出很大的嘶吼聲。

「是誰?誰在那邊抽菸……」

「教務主任！」我和 Jane 趕緊將菸蒂用操場的沙掩蓋，兩人手牽手急急忙忙的從後門逃離。

連不是學生的身分，都還要怕教務主任的人，大概就只有我們兩個吧！

CHAPTER 06 ／ 哪位？

東區。

我快走到忠孝東路的盡頭，終於在鬧區的邊緣，找到了 Jane 口中所謂的高級音響店。

這還真是我平常不會走進去的地方。

我站在門口，透過落地窗往裡面看，看到一個穿著不合身西裝的年輕人，正在招呼著客人，我索性走了進去。

「是的，這是我們最新的機種，重低音，音色比起無間道裡面的那套，可說是毫不遜色。」年輕人正在向一旁的一對老夫妻介紹著產品，而音響裡播放出的歌曲是T&D雙人組合的出道曲「You and Me」。

「喂！」我拍了他一下肩膀，年輕人轉了過來，那是一個不太起眼的男人。

我打量了他一下。

「你們這邊有個叫作Jay的人嗎？」我說。

年輕人看著我，大笑了起來。

「Sara，妳別搞笑了，妳找我？大學畢業後就沒見過面了耶……」

「你是Jay？」我真的驚訝了。

「不然呢？就算我們當初只交往了三個月，妳也不需要這麼見外吧！」

這下子我真的傻眼了。

天呀！我會喜歡這種男人？為了他喝酒鬧了三天三夜？這男人平凡到下一次我在街上見到他，還是會問他「你們這邊有個叫作Jay的嗎？」如此的無味。

而當年貴為校園之花的我，竟然會喜歡他？

「ㄟ……Jay，我問你你要老實回答我的所有問題喔……」

「OK，這當然沒問題……」

「第一，當年我們兩個，是誰追誰的呢？」我還是不敢相信自己會喜歡上他。

Jay 這時候平凡的五官上，竟然給我露出得意的笑。

「咳，當初我的確很喜歡妳，不過，是妳主動追我的……」

我有點不是滋味。

「好。第二，我們怎麼會分手呢？」

Jay 這時又露出了得意的笑容，很奇怪，他的牙齒竟然會折射出光芒。

「咳，是我覺得，我們不適合，然後主動和妳說我們要分手的……」

我的嘴巴微微的抖動著，然後瞪大了眼睛看著他。過了五秒左右，Jay 似乎被我看得有點心虛了。

「OK，我承認，是妳每次約會的時候，都要帶著那群朋友，這事情讓我很沒有受到 respect（尊重），好嗎？這就是真正的原因，妳想問的就是這個吧？」

我自以為可以得到更多資訊的，卻在這個時候，感到更加困惑。

困惑的是，我越來越不了解真實的自己……怎麼會喜歡這種人呢？

「很好，謝謝你，我得到答案了。」

我走出音響店，看著這繁華的東區，心裡還真是平靜不下來。

這時手機響了。

「老爸，怎樣……蛤？兩個禮拜後，要繼續婚禮？我又不喜歡 Howard，幹嘛還要結婚？什麼隨便找一個？你瘋了，我不說了！」我隨手就掛掉電話。

這下子可精采了，當時因為我的腦震盪，而向所有來賓以及飯店改時間的老爸，現在才打電話過來和我說，兩個禮拜後，會再正式舉辦一次婚禮。

問題是，當初是我失去記憶才答應和 Howard 結婚，現在的我，怎麼可能再一次和他結婚呢？

我看這世界上結婚結得最隨便的人，除了伊莉莎白泰勒之外，就屬我了吧。

看著忠孝東路上的車流，我想起了離開醫院時，醫生和我說的話。

「Sara，妳現在的記憶，就像是有好多好多箱子，在妳腦子裡，有大部分裝著『事情』的記憶箱子，現在都已經打開了，但是有些屬於『感覺』的箱子，卻還要些時間，妳才會找到鑰匙，將它打開……」

這醫生，可以寫散文了，竟然把失去記憶這樣的事情，比喻得如此詩意。

然而，我還真不得不佩服他形容得如此貼切，因為我自己很清楚，聽了Jane或是爸媽的敘述之後，很多事情我都想起來了，但是我現在最在意的，而且也是我最清楚的，是有一個關於「喜歡或動心」感覺的箱子，還沒有被打開。

也許其他還有些關於感覺的箱子，也是鎖得緊緊的，但我非常清楚，這個箱子是最重要的。如果這些箱子被一起堆在我心中的倉庫裡，我可以肯定的是，這個箱子，一定是放在最裡面的位置，而且，搞不好外面還有好幾隻神獸，在守護著它……

現在更刺激的是，要在兩個禮拜內，找到鑰匙，打開這個箱子，不然的話，一、我不結婚，讓二老丟臉死；二、我囫圇吞棗、睜眼裝瞎、牙根一咬和Howard先度過這個混亂的婚禮……

然而我最清楚自己，雖然個性火辣，但是最在意別人的感受，在意別人因為自己而受到任何批評，不論是老爸、老媽，或是Jane……

想著想著，卻又覺得挺有挑戰性的，在這種戲劇性的時刻，我反而開心的笑了……

CHAPTER 07 ／ 拼圖

回到家裡面，我把 Jane 找來了。

兩個人抱出了大學時期的相簿，準備好好回想拼湊一番。

「妳看這個，這個是我們參加熱舞比賽的照片……」Jane 說。

「哇，造型還挺帥的嘛！」

「拜託，那造型是妳設計的，不要假裝忘記來誇獎自己好嗎？」

「哈哈……」看著從前的照片，我的確回憶起好多大學時期的事情。

每天都不上課的我們，總是在社團辦公室裡面聚會，要不然就是參與系上的課外活動，總之，是不太會進教室的那種人。

「妳呀，就是那次熱舞大賽之後，才開始被人家說是校花的呀，因為一堆外校的男生都想要追妳。」

這我也想起來了，印象中的畫面就是，我們系學會的電子信箱，收到爆滿的信件，都是來詢問關於我的事。

「還有，妳看這照片，是大二那年，Sam 和 Howard 說想要約我們機車旅遊，結果這兩個傢伙借的是兩輛打檔車，Sam 當然沒有問題，老神在在，沒想到 Howard 不會騎還硬要打腫臉充胖子，那一次載我，把我們兩個摔得可真是有夠慘的！」Jane 指著照片說著。

「Howard 真遜……」我說。

在看過了兩輪照片之後，我雖然有很多事情都回想起來了，可是對於那個密封的箱子，我卻是絲毫沒有線索。

「Jane，除了 Jay 之外，妳從旁邊觀察，難道沒有看出，我對誰有好感嗎？」

Jane 癟了一下嘴巴，開始在照片堆裡面找了起來。

「這個，妳和他出去過一次，這個，追妳追了三年，還有這個，妳有說過他的笑容還不錯……除此之外，妳好像都是和我們幾個在一起。」

我看了下 Jane 所挑出的照片，可以肯定，那些人都像是那個 Jay 一樣，不是我會有感覺的傢伙。

「不對……Jane，我覺得有很重要的記憶，被關在某個箱子裡了，可是我打不開，我怎麼想都想不起來……」我說話時的臉色顯然很難看，Jane 都著急了起來。

「Sara，不要這樣，再想一下，一定會想起來的……還是說，找 Sam 和 Howard 一起問問看呢？」

好像也只有這辦法。只不過，Howard 那傢伙，半天放不出一個屁來，找他問可能也是浪費時間，我還是直接去問 Sam 比較快一些。

兩個小時後，我和 Sam 在天母的星巴克見了面。

「Sara，妳看起來氣色不錯……」

「Sam，不說廢話了，你知道我要問什麼對嗎？」

「Jane 是有和我說，只不過關於妳喜歡誰這件事情，妳週遭的人幾乎沒有人知道，而且妳似乎也沒有和任何人提過……」

我看著 Sam，他有著一張接近完美的臉，我曾經想過，如果把這些我見過的以前的人的外表做比較的話，Sam 應該是我心目中排行第一名。

「Sam……你覺得，我有可能是喜歡你的嗎？」這樣問也許很怪，但我實在不想浪費時間。

Sam 的表情一陣白一陣紅，似乎這問題，讓他很尷尬。

「……呃……這問題，我沒辦法回答……」Sam 低著頭。

我則是略感失望，因為我真的有種黔驢技窮的感受。

「可是……這幾年以來，我一直喜歡妳……」Sam 低著頭所說出的話，卻讓我震驚。

「Sam……」如果說，我是校園時期的校花，那麼 Sam 就可以稱為是當時的白馬王子，沒有人會有異議，而他這時對我表白了……

「我們四個人……可以這麼好，當然是彼此間有著默契，一直沒有說破，我曾經想過這樣的事情，一群好朋友，一定會有一個中心，而妳就是我們這群人的中心，我知道 Howard 和我一樣，一直喜歡著妳，而我也知道，Jane 喜歡著 Howard。但，妳的心思一直是個謎，不過也因為如此，我們四個，才會這麼緊密的在一起……」Sam 連珠炮般的說著。

「妳車禍之後，伯父、伯母一直請 Howard 幫忙，當然我也無法插手太多事情，而那時候很聽話的妳，和 Howard 也是很自然的越走越近，這些話我一直想說，只不過，如果妳真的和 Howard 結婚的話，我心中也是恭喜妳的……」

「但現在，不一樣了。也許，妳不用去尋找那段記憶，又或許我就是妳那段記憶，所以，我想說………我們在一起，好嗎？」

Sam 的手，放在了我的手上面，這樣的進展，是我來之前所想像不到的。

我對 Sam 的確有著好感，他不但是個好人，更是才華洋溢，如果照他剛才說的邏輯看來，我會和這一群人相處這麼久，應該會有一個令我逗留的原因。

從客觀角度來看，Sam，應該就是我的原因。

而如果這一切的推斷沒有疑問的話，我先接受他，再慢慢的將記憶找回，可能會是更好的決定。

我思考著，然後輕輕的，反握著 Sam 的手。

「這些年……真的，辛苦你了……」我說。

Sam 看著我，微微的笑著。

CHAPTER

08 ／ 箱子

一個禮拜後，我決定和 Sam 結婚。

雖然這個決定還是讓爸媽為難了好一陣子，但是比起讓婚禮流產，以及被賓客們指指點點，爸媽還是勉為其難的接受了。

而當我穿著自己設計的婚紗，以及 Jane 所精心安排的婚禮排場之後，我衷心認為，這是一場不會讓我後悔的婚禮，Sam 的新郎裝扮，更是驚艷全場。

當新郎新娘進入會場，主婚人致完詞後，Jane 在這個時候安排了一連串令我喜出望外的節目。

首先，是我們熱舞大賽的曲目。

Jane 找回了以前那幾個隊員，然後重新打扮成我們之前設計的造型，把整個場子炒得非常火熱，彷彿時光又回到了從前。

對於曾失去記憶的我，可以又看到大學時期的自己，這樣的節目格外珍貴。

而我一直沒有看到的 Howard，就在典禮進行到一半的時候，忽然出現了。

只不過這時候的他，是看不到臉的。

原來 Howard 把臉用衣服綁住，露出了肚子，在婚禮場上跳起了肚皮舞。

隨著異國風的音樂流動，Howard 用他那極度不協調的肢體，穿梭全場，不但全場的賓客笑得不可開交，就連我那對嚴肅的父母，也笑了開懷。

「哈哈……這傢伙，明明臉皮薄得不得了，卻敢做這種事情，真是……夠意思。」Sam 笑得連話都說不清楚。

而我看著 Howard 的肚皮舞，開心笑著的同時，好多回憶，在這個時候也一股腦地湧進了腦中。

我想起了大二那次騎車出遊的事情。

「Sara，我和 Sam 借了兩台機車，我載妳好嗎？」Howard 開心的跑來對我說，不過我看著他借的車子，臉色不怎麼高興。

「可是，我想騎打擋車耶，那種小綿羊，我沒有興趣……」我說。

於是，Howard 自己跑去換了兩輛打檔車卻被 Jane 撞見，只不過，其實 Howard 根本不會騎。

我記得出遊的前一天，我在學校的後門，偷偷看到了 Howard 在練習打檔車，摔得渾身是傷，跌了又爬、爬起來又跌，沒想到第二天早上，他還是笑容滿面的騎著車，載著 Jane 和我們一同出遊。

我知道，Howard 做這些事情，是想載我的，但是考量了自己的技術不佳，於是最後一刻他臨時要交換後座的人，才會有 Jane 和他『犁田』的事件。

從那一次之後，我就開始依賴起 Howard，因為我知道 Howard 做的每件事情，都會以我為優先考量。

但一直到此時，我還是不覺得對 Howard 有任何感覺的。

直到 Jane 告訴了我，她對 Howard 的感情，開始讓我掙扎不已。為了讓我心中逐漸萌生的罪惡感消逝，我試圖快速找個男生交往，想要脫離這個團體，成全 Jane 與 Howard，這才會有 Jay 這號人物出現。

只不過，即使如此，每次約會時，我的潛意識還是希望 Howard 能在身邊，才能有安全感，因此和 Jay 出去時，我總是藉著好友的名義，讓 Howard 以及 Jane 等人同行。

後來 Jay 受不了，主動和我分手，我反而苦惱著不知道該怎麼繼續面對 Jane 和 Howard，於是謊稱 Jay 劈腿，借題發揮不去上課，藉酒狂歡了三天三夜。

回憶追溯至此，我那個「心動」的箱子，隨著某些畫面打開了。

我想起了那段芭蕾。

為了讓我去上課，他們三人所答應我的事情之一——Howard 在校門口放著天鵝湖的音樂，要迎接我去上課的芭蕾舞蹈。

那天當我抵達學校時，我看到旁邊的人不停的訕笑，因為 Howard 的肢體是多麼的不協調，他在學校可是系上的高材生，但他卻不顧形象的穿著男舞者的衣服，跳著、轉著，所有原因都只為了答應我的事情，答應讓我笑著回學校。

而眼前肚皮舞的光景，竟然和當時的芭蕾，重疊了。

我看著 Howard，我心裡想，我絕對、絕對，不能再忘記這段時光。

這一瞬間，他的每個姿勢、每種動作，好像都變成了慢鏡頭一般，在我的瞳孔裡，慢速的播放著。

而我，聚精會神地看著，捨不得漏掉他的每一個姿態，只因為我深刻的體會到，這個人對我來說，真是這世上最重要的一件事物，我不能錯過、我也不會再錯過，要將這份感情，好好的、深深地，放在我的口袋中，細心保存珍藏著。

而我相信，這就是愛情。

因為我臉頰上緩慢滴下的眼淚，做出了最好的註解。

Sam 察覺了我的異樣，嘴唇微開的他，卻沒有說話。

我的箱子打開了，什麼感覺都回來了。任何一件 Howard 為我做的大大小小的事情，任何一份因為他的體貼所得到的溫暖，都在箱子裡找到了。

我任由眼淚流滿了新娘妝的臉，忽然我站了起來，大聲的對台上吼著。

「Howard，你在這裡做什麼？」

Howard 的肚皮舞動作，因為我的聲音，慢慢的停了下來，背景音樂也因為我的聲音而漸弱停止。全場的人看著這個新娘，一時之間沒有人知道，發生了什麼事。

情。

「你不是申請到了哈佛嗎？你到底……在這裡做什麼呀！」

我的眼淚，不聽話的狂瀉著，只因為我想到，這個男人實在為我做了太多犧牲了……全場的賓客，此時依舊安靜地坐著不敢出聲……

「雖然我……雖然我希望你留下來陪我，可是……你明明……申請上哈佛了呀……」

我幾乎用盡了力氣，吼著。

Howard 包著臉的衣服，被他用手慢慢地扯了下來，他的表情一樣木訥，只是站在台上靜靜的看著我。

全場的人，也是靜靜的看著我。

「你以為……我為什麼會出車禍……我急著開車去恭喜你……」我停頓，又提高了音量。

「才不是……我才不想恭喜你，我……急著開車……去挽留你……我是急著開車，去挽留你，希望你能留下來陪我。」

Howard 這時候，靜靜的從舞台上，往我的方向走過來。

「但是……你這個笨蛋……我只不過……只不過是出車禍呀，你……有必要就真的留下來照顧我嗎？你去讀你的哈佛呀，你要為我做多少事情呀……」

舞台邊的 Jane 聽到這裡已經了解了，我身邊的 Sam 也在這時，全部都了解了。

Howard 慢慢的，走到了我面前，用他那溫柔的眼神看著我。

「只要妳開心……我怎樣都好……」Howard 說。

我淚流不停的看著 Howard，自從恢復記憶以來，我似乎沒有好好的看過他，我心裡想著，如果一開始我就好好的看看他，看看這個男人，也許我的記憶，我的箱子，早就開啟了……

我緊緊的抱住 Howard，什麼都不想管，這個男人，我不能夠再忘記，我不能夠再忘記我有多麼愛他……

只不過這時全場一片騷動，大家都鼓譟了起來，搞不懂這是怎麼一回事。

Sam 趕緊走到了舞台邊，示意 Jane 上場。

Sam 自己則是拿起麥克風，大聲說著。

「是的各位，這就是這場婚禮最大的高潮，大家不是本來都很意外，原來的新郎，怎麼會變成我呢？因為這是我們這群好朋友特意安排的，這是新郎新娘當初定情的回憶重演……讓我們一起，用力的，祝福他們……」

Sam 極盡能事的鼓動全場，Jane 帶領著剛才的舞者，將音樂又再度熱鬧的播放起，氣氛一下子達到最高潮，全場賓客這時才恍然大悟般，熱烈的鼓著掌，還有人興奮的用力吹著口哨叫好。

我驚訝的看著 Sam，只見他迷人的臉龐，擠出了一絲笑容，而我也看到台上的 Jane，使了個幸福的眼色給我……

感謝，你們……我最愛的朋友們……

我在心裡低聲的告訴自己，今後不管會忘記任何事情，我再也不能忘記，我愛你……

後記

故事結束了，不知道妳喜歡嗎？

其實有很多感覺想要分享，只不過不知道大家有沒有接受到。

會不會有人也希望，哪一天自己忽然恢復記憶，變成了其實自己心目中喜歡的個性，或是增加了更多自己偏好的回憶。

我都覺得，那種事情，非常主觀。

想要什麼樣的回憶，其實自己可以主導，去創造不就得了，何必羨慕別人呢？

當然這故事最重點的事情，還是在說明感覺這件事。

很多人記憶很深刻，但是感覺不清楚，好像記得了當初交往的過程，我追妳，他追我，只不過，那時候的感覺，還記得嗎？

我曾經有一段交往四、五年的感情，在那段感情中，其實在第三年的時候，我就開始冷卻了，不過我試圖溫習……

吵架的時候溫習一下初吻的感受，平淡的時候，聊聊當初曖昧時期的感覺，我覺得，挺有用的耶！

不知道我想傳達的，妳有接受到嗎？

CHAPTER 09 ／ 大家都說你愛我

「我說真的，我覺得孫教授，很愛妳……」

這句話，從我進大學之後，已經聽了不下百次。

重點是，每個人都這麼對我說，但我自己卻沒感覺。而且，我真的不懂大家為什麼要特別說我和孫教授，只因為孫教授很怪異嗎？

「Linda，妳不懂，孫教授在學校太出名了，以至於他對妳的態度，相對的讓大家都覺得特別……」

我更不懂了，哪裡特別？只因為我上他的課的時候，特別容易被點到，還是因為，我是他班上分數最高的學生？

一個已經將近五十歲的教授，和一個今年要畢業的應屆畢業生，硬要湊在一起，我真的不了解學校裡的人，對這種八卦的興趣在哪裡？

好死不死，就在我等公車的時候，孫教授的車，慢慢的停在了我身邊。

「Linda！回家嗎？」孫教授搖下車窗，露出了他不太有表情的臉說。

「是的，教授，不然你以為我要去玩嗎？」

「我知道妳住木柵，上車吧，順路，我可以載妳一程……」就是這種舉動吧，引起人家誤會的。

「……」我沉默的看著馬路後方，我確實已經等公車等了三十分鐘了。

「好吧……」我有點無奈的上了車。

「不過，我不是要回家唷……你可以載我到西門町嗎？」

「嗯！」孫教授也不多問，一路就將我送到了西門町。

「需要我等妳嗎？」孫教授甚至問了這樣的話……

「……我想不需要吧！」我關了門，不太客氣的。

其實，我並不討厭教授，也不排斥師生戀，更不在意老少配。只是，我對於這種什麼話都不說清楚的人，覺得很不喜歡。

我進了西門町的某條巷子裡，進到了一間裝潢詭異的店內。這裡有一個很出名的靈媒，讓我聞風而至。

「小姐，妳想問什麼？」靈媒的聲音聽來很低沉。

「愛情，我想知道我的感情……」這是我的目的。

靈媒端詳了我一會兒之後，面帶微笑的說。

「妳的真命天子早就已經出現了，妳剛才還見過他呢！」聽完之後，我立刻起身想要離開。

「夠了……」我真的覺得夠了，為什麼，大家都要說他愛我……

我一路走出店門、走出巷子，回到了大馬路上，意外的，我竟然看見了孫教授的車，還停在剛才我下車的地方。

我火了。

我一路走到車子旁邊，狂敲著車窗。

「怎麼了？」孫教授緩緩的將窗戶搖了下來。

「夠了吧你！沒必要對我這麼好吧，全世界都知道你愛我了，現在我也知道了，那你到底想要怎麼樣呀，不要以為你是教授，就可以什麼話都不說的呀！」

我看見孫教授的臉一陣青一陣白，他應該沒有被人家這樣指著鼻子講過吧。

「……我……」孫教授一句話都說不出來。

我已經氣到不想等他回答了，叫了計程車，我很快的離開了現場。

坐在計程車上，我想起了大一時，我第一次上教授的課，我所說的自我介紹：

「大家好，我叫 Linda，我最喜歡吃的食物是青菜，最喜歡聽的音樂是爵士樂，最喜歡看文藝片，尤其是『麥迪遜之橋』。」

我記得，聽完這些話之後，孫教授就傻了……

後來我就聽說，孫教授是有名的怪教授，因為他總是會在學校的圖書館裡面，用別人的帳密登入網站留言，然後回到家後再用自己的帳密登入回覆。

就這樣每天和自己對話著。

不過除此之外，他也稱不上有什麼奇怪的，只是有點木訥，但對我真的很好……

在我回想起這些事情的同時，我忽然看見計程車外的車道上，孫教授的車追了上來，迎頭撞上了一旁的安全島，整輛車顛覆飛出。滑行了一小段路程之後，車子才停了下來。

可以想像是他急著要追上我，以致於車子失控。

我緊張的要計程車司機趕緊停車，然後我瘋了似的衝向孫教授的車邊。

只見他困在車內，頭部流了些血，但傷勢不算嚴重。

「教授，教授，你沒事吧？」我緊張的，眼淚都流了下來。

在那一瞬間，我知道了另外一件事情，那就是，雖然大家都知道他愛我，但我心裡知道，我也愛他。

「沒事、沒事……我……我不會……再讓車禍，將……我們分開了……」教授的話，聽得我一頭霧水。

我一邊抱著教授，一邊幫助他爬出車外。

「教授……你還能走嗎？」我攙扶著他。

教授看著我，微微的笑著說。

「Linda，別叫我教授了……叫我大寶吧！」

不知為何，聽到這個名字後，我的眼淚，不聽話的，再也停不下來……

後記

看不懂嗎？如果有人不懂的話，可以去買或是去借我的第二本書，裡面的第一篇「還沒聽見我愛妳」，看完應該就可以了解了。

有時候短篇故事寫多了，在創作的時候，難免會想到了之前的人物。有時候想幫他找個伴，有時候想讓她過好生活。

人不是造物主，因此看不見冥冥之中是否有邏輯或是輪迴，也因此做好事不見得看得到好報，做壞事也碰不著報應。

但我總相信，深情之人，會有深的姻緣。而滿不在意的傷害別人之人，也一定會嚐到惡果。

現實生活中不見得看得到這麼完整的循環，希望藉由我筆下，能夠多點好故事，畢竟，我希望身邊的人，人人多情，人人深情。

因此當妳身邊的人一直說著某人喜歡你時，也許妳可以審視一下自己的心情喔！

CHAPTER 10 ／ 萬人迷

當我面對面看著他的五官時，我的腦中只出現『上當了』三個字。

那真的不是太好看的臉。

微塌的鼻子、不太大的眼睛、搭配比例過長的人中，再額外贈送兩片過厚的香腸嘴。

雖然他總是面帶微笑，但，我還是無法接受，這個人，就是室友 Michelle 和 Jasmine 口中的聯誼萬人迷。

「每次出去聯誼，他一定是最受歡迎的那位。」

「我每個朋友單獨和他出去約會，回來後都念念不忘他的好。」

既然如此，那怎麼還單身呢？

「因為他很挑……」

我看是人家很挑他吧……

「先點菜？」Roger 面帶微笑的將菜單遞給了我，女士優先，這一點禮貌基本上他還有。

不多久上了整桌的菜之後，我們兩個靜靜地吃著。靜靜地。

他真的一句話都沒講……

我幾乎要憋死了。

這樣的晚餐不到二十分鐘就結束了，Roger 很體面的喚了服務生買單，而我在這個時候，才看到了他皮夾裡面的相片。

那是他與一個小女孩的合照。

「這是……」我指著那張照片。

「我女兒……」他微微的笑著，我則是對這話題不想再繼續探究下去。天呀。結過婚又有小孩的人，你們還介紹給我，真的是狐群狗黨，小姐我才二十六歲，還沒有到這種饑不擇食的地步吧。

「妳喜歡小孩嗎？」Roger 還是面帶微笑，但我對這問題可是敏感得很。

「不喜歡！」我立刻脫口而出，因為我不想讓人家覺得，我會接納他的小孩，進而產生我們兩個有可能的假象。

Roger 還是笑著。

餐後，我們走在淡水街上，而一路上 Roger 還是不說話。

「你……和別人出來，也都是這樣一句話也不說嗎？」而我終於受不了了。

「不會呀……」Roger 話講到一半，示意我走進人行道內側，他則是走在靠馬路的那側。

這個小動作，讓我有了點感覺。

「妳對我的第一眼印象不是太好……」Roger 笑了笑，「因此在這前提下，我說得越多，妳會越不舒服。」

這男人，竟然是替我在著想。

「可是，不說話，怎麼能讓人家體會你的好呢？」我意識到，我講話的口氣，變了。

Roger 笑了笑。

「你應該交往過說話好聽的男人，可是，結果應該不見得是好的。」Roger 的話直接命中了我的要害，那段傷了我五年的戀情……

我沉默了一會兒，反而變成我對他有興趣了。

「那你怎麼會離婚呢？」

「離婚？我沒有結過婚呀！」Roger 有點驚訝的看著我。

「沒結婚就有小孩，你還真行！」

「家扶中心。我每個月捐一點錢，幫助這裡的小孩可以順利上學……」

我心裡不禁佩服起他來。

從他搭公車來赴約，一直到剛才的錢包，以及他的穿著看來，我可以判斷他的環境並不好，而他竟然還會將每個月的部份收入拿來做這樣的好事。

看著他的小眼睛，我忽然覺得，這樣的五官搭配起來，也沒那麼難看。

我們一直聊到了晚上十點半，他才搭公車送了我回家。

一進到家裡，就看到 Michelle 和 Jasmine 的笑聲不斷。

「他眼睛很小吧？嘴唇很厚吧？」

「他是不是吃飯都不講話，安靜得像鬼一樣呀？」

「有看到他那破爛皮包裡面放的和前妻生的小孩嗎？」

「萬人迷？噗哈哈哈哈……」兩個室友笑得東倒西歪，我則是不發一語。

Michelle 這時看著我，總算是有點不好意思的將身子坐好，但還是邊擦著眼淚邊看著我說：

「說真的啦，我們也都被朋友騙過和他出去吃過一次飯，才會開妳這個玩笑啦！」

「我們決定交往了。」我淡淡的說。

「真的對不起啦，反正妳就當多一次人生的經驗，不是故意要騙……什麼……妳說什麼？」Jasmine 話說到一半，忽然噎住。

「我很感謝你們介紹了個萬人迷給我……」我自顧自的脫下外套，往房裡走去。

「不會吧，那人看起來連個正常工作都沒有……」Jasmine 看起來還真的像是擔心起我來了。

我換了睡衣走到客廳。

「他喔，是家上市公司的老闆……晚安……我先睡了……」

兩位室友的表情，像是看到鬼般僵在客廳。

我則是非常開心滿足的，準備迎接明天與 Roger 的第二次約會到來。

後記

聽說我小的時候，非常可愛，幾乎是到了只要有大人看到我，就會想抱我的地步。

我看著自己以前的照片，心裡也有同感。（可以叫我老王）

只不過到了國中時期，青春期的內分泌讓我滿臉豆花，我的臉型，也從原本的圓形，拉長到了瘦皮猴臉。

這時期，自然乏人問津。

到了高中後，我那超過千度的厚重眼鏡，讓我原本就小的眼睛，變得異常渺小，我的異性緣，也因此煙消雲散。

可笑的是上大學前的那個夏天，我換了隱形眼鏡，割了雙眼皮，霎時間，我又成了一個還算搶手的男孩。

想說的事情其實很簡單，外表，是會改變的，內在，也是會進步的。在這種數位化的社會裡面，要認識一個人真正的本質，或是看清他的性格，其實都很困難的。

也因此，光憑表面就要判斷任何事情的話，到最後吃虧的還是自己吧！

就算是這個故事的結尾也是一樣，這個人，是好是壞，絕對不是一頓飯的相處，就可以知曉的。

CHAPTER 11 ／ 放肆夜

今天晚上很特別，因為今晚，我單身。

兩個禮拜前我就已經買好了我要穿的露肩洋裝，以及鑲著碎鑽的高跟鞋，在塗上了鮮豔的口紅之後，我不吝嗇的在我全身重要部位噴滿了名牌香水，只求讓自己今晚既有格調又不失撫媚。

然後前往那間鎮上最有名的「單身酒吧」。

聽說男人都是到那邊釣馬子的。

當我搭乘計程車來到這家店時，門口已經擠滿了男人，看著我下車，看著我開門，看著我走進酒吧。那些眼神，個個都像是要把我吃了似的，自從婚後，我就再也沒有享受過這種洗禮。

一進到酒吧內，慵懶的爵士樂，鋪陳了整家店。吧台、服務人員、領班，沒有一個看起來不性感，這家店，是名副其實的單身酒吧，煽情的賀爾蒙幾乎隨手可掬。

我挑了吧台邊的座位坐下。

記得看過某個節目說到，吧台邊的位子，顯示出你的心理狀態，期待人家來搭訕。如果自己坐在一個雙人或四人的座位上時，表示有伴，也就間接拒絕了多數人的邀約。

坐下來還不到三秒，酒都還沒點，就已經有一名男士，優雅的端著紅酒坐在我身邊。

「一起喝酒好嗎？」

我注視著眼前的男人，從他的髮型、衣服、領巾，甚至用鼻子聞了聞他的香水，就像是小孩開心的要選擇糖果般，我樂於評鑑，但，不急著下決定。

我微笑著不答腔。

這時候另外一側又有個高大的帥哥拿著杯威士忌靠近。

「請妳喝杯酒？」

這男子的五官好看到會融化掉我的理智，我已經幾年沒有碰上這樣的帥哥對我說話，我的心花都開了。

就在我急著想要答應他的同時，店門口被推開，一種我最愛的型男風格，漫步走進酒吧來。

那不是最好看的樣子，但卻是我的菜。

只要看到這種男人從嘴巴到下巴的線條，我就想要和他談戀愛。

而我知道，年輕時候我試過，那感覺真美好。

男人一進店裡就看到我，微笑著直直朝我走來。

「……」男人歪著頭，不說話只是微笑。

「……」不知怎麼地，我看著他說不出話，也只能笑。

旁邊兩位男士看到我們如此的投入，各自輕笑了一聲，離開了吧台邊。

沒多久，我和他離開了酒吧，我一路將他帶回了家。

我知道家裡沒人。一進家中，我便雙手環繞著他忘情的吻著，而他的舌頭，則像是回應著我一般，溫柔的翻攪著。

我忘了有多少年，沒有這麼投入在這種親密動作中，自從結婚以後，再也沒有了……

我們一路從門口開始擁吻，跌跌撞撞的進了房間，他吻得火熱，我的眼角卻不小心瞥到小寶的玩具在床邊，我一邊親著他的脖子，一邊偷偷的用腳將玩具踢進床下。

我要好好享受，可不能讓任何小事情破壞了。

衣服、內褲、胸罩……該褪下的，都在地上了……

一個小時過去，我得到了前所未有的解放。我知道，今天晚上是破例的，不可以再發生……

心裡雖然閃過一絲罪惡感，但很快的就讓自己的天使給消弭了。

只不過就在我還赤身裸體躺在床上的時候，我聽到玄關的門鎖有轉動的聲音，我心裡大驚。

我非常清楚，這時候擁有我家鑰匙的只有一個男人，和一個小孩。都是我最親近的。

而這時候，我來不及衝到門口將門上鎖，門已經開了。

男人帶著小孩在背光的門口，看著我。

而我，只圍了件床單，更糟的是，房裡的男人聽到聲音，也走出來了……

「媽！」小寶跑過來抱著我，我很是尷尬。

而門口的男人終於開口了。

「姊夫，你也穿件褲子吧……還有呀……我要去打牌了，小寶我不能幫你們顧了。」

男人將鑰匙丟到了全裸男子的手上，隨即朝門外走去，不忘回頭補了一句。

「姊！祝你們八週年結婚紀念日快樂呀！」

後記

類似的故事，有網友說他好像看過。

坦白講，我也好像有印象。

只不過，對於一個創作者來講，有時候我分不清楚，是自己看過的故事，或是自己發想的創意，有時兩者之間的界線，更是模糊到令人無法分辨。

這時候，我通常會想，儘量用自己的語言，去講述更不同的感受。

也就是說，既使是類似的情節，我也希望這是H風格的敘述。

我的文章，依舊以女人為自述出發，也因此，其實想說的感覺依舊是從女人啟動。這篇文章，想要獻給每位家庭主婦或是母親，做這年頭的婦女角色，我認為可以扮演得更加性感、更加有女人味。

讓自己的生活加點創意、添些色彩，所謂的黃臉婆一詞，可能會漸漸的從中文字典裡面消逝，而狐狸精一詞，也可能慢慢地會從形容外面的女人，轉移到形容家裡的女人唷。

CHAPTER 12 ／ 我的同居人

我第一眼就不喜歡他。

像女孩子一般的長捲髮，滿耳朵的耳環，加上很台的香水味。

當他第一次出現在我們家裡的時候，我就覺得世界要開始變了。

而有時候真的痛恨我的預感如此準確。

我是 Fanny，和我室友 Fifi 住在一起。我們各自有各自的房間，但是我卻常跑到她房間串門子，三不五時在她床上聽她說心事，累了就在她床上睡著了。

兩個女生住在一起有很多好處，可以非常親密、可以談天說地。

我們最常做的事情是到附近的公園散步，走累了，就回到家在線上影音平台，挑支女生愛看的電影，通常都是 Fifi 下廚準備我們的食物，然後一起享用。

年紀比我大的她，總是比較照顧我。

這種兩個女生的生活，曾經讓我以為這輩子都不會改變了，誰知道就在兩個月前的某個 party 後，Fifi 開心的跑回家告訴我「她戀愛了」，從此開始蒙上陰影。

身為室友兼好友的我，當然衷心祝福她，因此我也不便說什麼。

終於在一個月前，Fifi 把他帶回家了。

我第一眼就不喜歡他。

像女孩子一般的長捲髮，滿耳朵的耳環，加上很台的香水味。

我認為這不是個好男人。

但已經陷入戀愛世界的 Fifi，又怎麼會聽任何人的意見呢？

從那天開始，我們的房子裡面，多了一個男人。Fifi 總是和他關在她的房間內，我與 Fifi 一起吃飯的時間變少了。

當我經過他們房門時，我不時聽到 Fifi 的喘息聲，我有點心痛又有點擔心，因為我真的認為，這傢伙不優。

果然在過了一個月之後，我發現事情開始不對勁。

他看起來似乎沒有工作，卻常趁著 Fifi 出外上班的時候，叫了別的女生來到我們家，並且進入了 Fifi 房間。

他以為家裡沒人，其實我一直在家。

於是我偷偷貼近房門，卻聽見女生發出了和 Fifi 一般的聲音。

而每當 Fifi 回家後，男人卻又裝著一付若無其事的樣子。

在某一天早上 Fifi 要出門的時候，經過了我房間。我故意發出哀嚎聲，引得 Fifi 進來看我一眼。

「Fanny，妳怎麼啦？」之前發生過類似的事情，我知道 Fifi 當天會提早回家，帶我去看醫生。

如我所料，臭男人並不會在意Fifi與我之間的對話。於是當天下午，他依然帶了女人回到家裡，進行猥褻事宜。

只不過這一次，在他們完事之後，女人就在門口與提早回家的Fifi碰個正著。

「這女人是誰？」Fifi的眼睛裡含著淚，因為她可以猜想到這是什麼情況。

「朋友啦，來家裡談談生意，不用那麼在乎吧！」男人一付吊兒郎當樣。

「朋友？」Fifi看著女人，氣得說不出來話來。

三個人站在門口玄關處，氣氛很詭異。

這時候我悄悄的從我房間走出。Fifi看著我，終於按耐不住。

「朋友！你說是朋友！那這是什麼！」Fifi一把將我嘴上叼著的蕾絲內褲搶走，對著男人講。

男人心急之下眼神掃向女生。

「那不是，那不是我的。你有看到，我的剛才就穿上了……」女生臉一垮，自知說溜嘴，尷尬了幾秒後奪門而出。

「你也走……」Fifi 冷冷的，說出了幾個字後，那男人再也沒有出現在我們家過了。

Fifi 看著我，溫柔的一把將我抱起。

「小 Fanny，這陣子冷落妳了……我買了妳最愛吃的西莎，今天晚上，我們一起去散步，回來再看部電影和吃飯吧！」

我開心的咧嘴笑。

後記

我想這篇故事的靈感，只要是我的讀者應該很容易猜得到，是從我養的狗——哈魯身上所得來的。

養一隻大狗和小狗的差別在於，大狗有一種很強烈的存在感，當他坐在沙發上，或者是站起來要舔你的嘴，或者是你抱著牠的時候，都覺得這傢伙的存在，不僅僅是隻狗而已。

對於沒有親人的我而言，感覺更是強烈。

而因為狗兒不會說話，也因此有時候人的脾氣或是情緒，其實都是自己主觀在猜測。當哈魯的小骨頭掉到沙發下，惹得牠開始狂吠時，我會用我自己的判斷去罵他，要牠安靜。

當哈魯的身體不舒服時，牠會出現異常的叫聲，如果我不注意一點，搞不好還會因為牠的不乖，被我施用「家法」。

但就因為狗、貓等寵物是這麼的直接表達感情，也才讓我們更加喜歡。

發現你難過了就過來舔你，看不到你了就放聲大哭大叫。

我常想，如果人們的感情也是這麼直接的話，也許我的很多故事，都不會成立了。

這篇故事獻給每一位有寵物的讀者，也希望你們永遠的相親相愛。

CHAPTER 13

／我的名牌包

我很想逃跑。

這真的是個很錯誤的決定，我怎麼會天真到以為，她們想的事情和我想的事情是一樣的。

這群女生……

我叫 Judy，今年二十四歲，剛從學校畢業沒多久，換過一個工作，但因為受不了那個工作環境，於是我毅然決然的離開了。

新工作做了不到半年，舊公司的姐妹淘就吵著要聚會，說是某個人交了個男朋友，想帶出來讓大家看看。

於是大家約定好，都把自己的男朋友帶出來。

我想，我是天真的。

除了我之外，來的四個女生，各自帶了四個不同類型的男朋友，唯一相同的是，每個男人都很有錢。

「Ann，你那個LV包好漂亮喔！」

「妳的GUCCI包比較美……」

「妳們看我這個PRADA皮夾，是我男朋友上次約會遲到，送給我的禮物。」

「Joan，妳男朋友好有心喔，我男朋友遲到都只會送我香水而已耶！」

我看過「流星花園」片段，我感覺，我就像是杉菜被一群F4迷包圍一般。

這也讓我想起，半年前我想要離職的原因……

「Judy，妳男朋友怎麼還沒來呀？」Ann帶著不懷好意的笑容緩緩靠近了我。

「他……」我的慌張，則是直接顯現在我的口氣中。

「她男人是搞創意的，不在乎這種事情啦！」

「真的喔！Henry 他老爸的公司就是請了美商廣告公司，那種創意總監一個月都賺好多錢耶。」

「好好唷，Judy 一定收到不少名牌禮物吧？」

這幾個女人的七嘴八舌，搞到我已經無言以對。

「不是創意總監啦……」我男朋友只是個小小設計師，每天加班到三更半夜，薪水也不到三萬，哪有錢買什麼名牌給我。

「而且名牌包……我也沒那麼喜歡……」這不算真心話，只不過，我知道我收不到這樣的禮物。

「Judy，別這麼說，買名牌包可是一種投資呢！」

「就是呀，名牌包和好男人，可是畫上等號的。」

「好的男人會增值，好的名牌包潛力更是無窮……」

我實在說不出話了。

偏偏這個死阿杰，竟然遲到了一個小時都還沒到，讓我置身在這群三姑六婆裡面，真想挖個洞躲起來。

我看著一旁的四位男士，除了渾身的第二代紈絝氣息之外，我真看不出哪裡有增值的跡象。

為了避免之後的尷尬，我想，我還是不要讓阿杰和這些人見到面吧。

「不好意思，我看，我先走好了……」

「別這樣說啦，不想讓我們見妳男朋友喔？」

「還是說，他根本連遲到了，也不會送妳東西賠罪呀，這樣的男人就不太好唷！」

砰！踩中我地雷！

我最受不了人家說阿杰壞話。

「才不是那樣！妳以為創意總監一個月賺多少錢，阿杰向來對我出手都很闊綽的！」

完了！我竟然胡言亂語……

我一定要找個機會逃走，不然就糗大了。

「Judy！不好意思，我遲到了……」心裡的對話都還沒講完，阿杰，竟然在這節骨眼出現了。

只見阿杰一臉蓬頭垢面，拿下安全帽後的頭髮亂七八糟，我臉上的陰影，一層一層的加深了……

「你就是阿杰呀，怎麼可以讓女孩子等你一個小時？」

「對呀對呀，一定要有賠罪的禮物才行吧？」

「隨便送個名牌包吧！」

阿杰一臉錯愕。眼看著，我就快要因拉不下臉皮而飆出淚。

「妳們怎麼知道，我今天要送她包……」阿杰傻氣的說。

這下子換我和這群女人傻眼了。

「什麼？什麼？是什麼牌子的？」

阿杰緩緩的從摩托車置物櫃中，拿出一個手織包。

「什麼牌子呀？J&J？」

Ann 睜大眼睛不解的問。

「那是啥牌子？」

「Judy&Jay……這是我親手編的……」

阿杰不顧三姑六婆們的驚訝眼光，上前將包包放在我手上比對了好一會兒。

「不錯，滿好看的，我弄了三個月才做好，世界上僅此一個，聖誕快樂！」

而我的眼淚，歡喜的狂飆而出。

這是我的名牌包！這是我投資的，好男人。

後記

這種女人，我相信大家碰過，但，我覺得，有時候這種情況，是會由一、兩個女人所引發出來的。

諸如女人A開始秀她自己的行頭，女人B自然就會不示弱的開始反擊。女人C誇獎自己的老公時，女人D也可能會開始比較自己的男人。

所以我常常認為，逞凶鬥狠或是不認輸的個性，其實並不是只有在男人身上可以看得到，只是女人比較的東西不同罷了。

這個故事的靈感，是取自我好友圈的實際故事。

話說她的男友，動不動就送自己縫製的衣服或是包包，或是一大堆可愛的手縫小動物。在這樣的才情面前，很多時候都會覺得自己送的禮物很遜。

當然我也做過類似的事情啦。

就好像說，你送女人一條項鍊，我自己寫一首歌獻唱，這要如何比較？只能說，禮物的性質不同，但，心意還是最重要的。

CHAPTER 14 ／ 暗戀的結局

「妳最近怎麼滿臉桃花呀？」當小真對著我說出這話時，我想我的嘴巴應該是已經開心的裂到耳朵邊了吧。

「沒有呀，沒有呀，哪有桃花？哪裡？」我知道我根本是邊說邊笑著回覆小真，我能想像自己這嘴臉看起來有多麼討人厭。

「少來，是不是妳和暗戀的對象，有進展了？」

是的！我真想這麼回答。

我今年大四了。從大一看到隔壁班的 Eason 打籃球的那一刻，我就對他心動不已。

中間我試了好幾次，不著痕跡的想要與他生活有所交集，卻總是不著痕跡的失敗了。

為了他，這兩、三年來，我都沒有交男朋友。眼看著大四的生活，一天一天的過去，我們兩個，卻還是僅止於見面點頭的隔壁班同學關係。

不過事情，就在一個月前開始有了轉機。

某一次我急著去上課，在走廊上跑著，一個不小心撞到人。

那是Eason。

親切的他立刻將我扶起，還不斷的問我，有沒有受傷。

他真是好人。

從那天起，我們在走廊上遇到後，他都會以身體狀況為開頭，和我一直聊到走進教室為止。

我有一種感覺，風向轉變了。

「June，妳先不要想太多啦……」小真冷不防的冒出這句。

「我很怕妳期待太高，摔得更重呀……」

妳不懂啦！我現在已經能夠掌握，我和 Eason 之間的狀況啦，哇哈哈哈……

一個禮拜過後，畢業舞會的前夕，我認為這是一個再下一城的好機會。於是我裝作若無其事的出現在他下課的教室外，企圖製造出一個偶然的相遇。

「June，我正想要找妳……」Eason 說話的聲音就是很好聽。

「什麼事？」

「明天就是畢業舞會了，想要妳幫我個忙……」Eason 有點含蓄的說著。

「你說……」來了，機會來了。

Eason 拿出了一封信，我偷偷瞥到是用愛心貼紙封起來的，竊喜。

「這個……能幫我拿給 Carol 嗎？我知道妳和小真以及 Carol 是死黨，我本來要自己拿給她的，不過今天沒遇到她。」

「……」我應該說什麼呢？

「謝啦，舞會上見！」Eason 的聲音還是很好聽，而我，已經石化……

真的被小真說中了……

我拿著信一路狂奔跑到小真和 Carol 正在吃飯的餐廳。

「嗚嗚……Eason 要給妳的信！嗚嗚……」我知道我哭得很醜，但我忍不住。

小真和 Carol 則是一臉呆滯。

「好啦，不要哭啦，我就和妳說過了，不要期待太高呀……」

Carol 則是一臉不解的接下信，緩緩的打開看著。

小真一邊抱著我，一邊嚷嚷著。

「寫什麼呀？唸出來聽聽……」

Carol 看著滿臉眼淚、鼻涕的我和小真，不屑的說著：

「我唸了，聽好……」

「Dear Carol，明天是畢業舞會，我想要邀請我暗戀已久的女生一起參加，但是懦弱的我，一直不敢直接告白……」Carol唸到這裡，停頓了一下看著我，我又不禁放聲大哭了起來。

「因此，希望妳幫我轉達June，如果她接受我的心意，請她穿上她上個禮拜三穿的牛仔短裙，我會上前邀她跳舞的……請幫幫妳超級膽小的表哥
——Eason。」

我像被點穴似的，瞬間全身動也不能動。

「Eason是你表哥？」小真幫我問了。

「是呀……」Carol大口的將咖哩飯又一口送進嘴中。

「妳怎麼都不講……」小真又幫我問了。

「誰知道妳們會有人暗戀他啊？他從小就是個膽小鬼的說。」Carol喝了口湯。

我一把將Carol手上的信搶走，失心瘋的笑著。

後記

其實談感情最有趣的地方，在於前面的曖昧期，這我說了不下百次。

但是真正懂得享受的人還真的不多。

曖昧期如果說破了，一切就會正式開始交往，牽手、接吻、做愛，進入了公式化的輪迴。

然而曖昧期如果不說破的話，任何一件事情，都可以推敲、都可以品味，累積越多這樣的小事情，到了正式交往之後，回味起來，到處充滿了「啊～原來那時候你是這樣想」、「原來你是因為忌妒喔？」等等的恍然大悟感。

這真的很有意思。

不過也常常會因為猜不透對方的心意，而引發更大的問題，諸如緣分因此溜走，或是心意被看穿而尷尬的場面。

只不過，要忍到最後一刻才說穿，會更有趣味。

CHAPTER 15 ／ 聖誕情緣

我從小就熱愛研究女巫、星座、紫微、八字、命相，愛一切關於這種占卜的神奇力量。

因此在小學的時候，我就擁有了一個專屬的女巫。

那是在某個地下道的算命攤的大嬸，她精通各種算命方法。

小學三年級，我問了她一個令我一輩子都不會忘記的問題。

那就是：「我的真命天子，什麼時候會出現？」

女巫回答說：「在妳二十四歲那年的聖誕夜裡，妳將會遇到一個額頭上有疤痕的男人，他，就是妳的真命天子！」

我深信不疑。

因此在那之後，我從不談戀愛，就算是國中時期有全校最帥的男生追求我，我都不屑一顧。

然而今年，我已經二十四歲，在一家外商公司上班。

我的個性屬於開朗的那一型，因此身邊總是很有多朋友。

我無時無刻都細心觀察。

假藉幫人家整理頭髮，偷看瀏海下的額頭，或者是用我那解析度極高的單眼相機，拍下公司裡面的所有男生，再透過電腦不斷局部放大，不願意錯過有誰的額頭上面，有多麼細小的傷痕。

但是，我一無所獲。

隨著天氣越來越冷，我的聖誕夜情人出現的時間也即將到來，我越來越緊張。

終於，聖誕夜來臨了。

我推掉了Hank的邀約，決定自己去人多的地方，比較容易碰到我的真命天子。其實我有點捨不得，因為自從我進入公司後，Hank 一直對我很好，他也是一個非常 nice 的人，但我對他就是少了點感覺。

我開始進出不同夜店，只是人實在太多了，過了兩個小時後，時間來到了聖誕夜的晚上九點半，我開始慌了。

依照女巫的說法，假設今天晚上我沒有遇到這個男人，我這輩子的戀愛機會，可能從此之後就毀了。

心神不寧的我，竟然慌得跑進了網咖。

我上了網進到交友聊天室內，開始搜尋「額頭有疤痕」的男人。很顯然的，一個都找不到。我急得想哭了，因為時間所剩無幾。

這時候忽然一群凶神惡煞進入了網咖，而且我看見，他們將網咖的鐵門拉了下來，我環顧了四周，發現這家店內除了櫃檯有個男人之外，其他電腦前沒有半個客人。

我開始感覺到害怕。在凶神惡煞走到我面前之前，我隨手按了手機發出個短訊。我不確定我發給誰，但是此時，這群流氓已經把我圍住了。

「小姐，找男人嗎？」其中一個胖子，看起來非常噁心。

「找我們就好了呀！嘿嘿嘿！」另外一個侏儒看起來更怪。

這時我嚇得不知道該說什麼，櫃檯的男人出聲了。

「要玩遊戲就先來我這邊登記，不要騷擾我的客人！」

我順著聲音看過去，那是一個留著長頭髮中分的男人。

「啊！」他的額頭上，有一道明顯的疤痕。

霎那間，我的害怕轉化成高興，因為這一切，就像是電影劇情般的發展，我相信，他會過來救我。

小混混們發現有人出面，感到沒意思，一群人又走出了網咖。而這時候，傷疤男走近了我身邊。

「妳不是來玩遊戲的吧？」傷疤男在這種冬天的寒冷氣候下，他還是只穿著一件內衣，在我看來非常性感。

「對，我是來找你的，你是我這輩子的真命天子……」我睜大了我的雙眼看著他，我對他充滿了好奇。

「真命天子？」傷疤男一邊說著，一邊靠近我。忽然他抓住我的臉，朝我嘴唇上吻了下去。我雖然驚訝，但是一想到他是我的真命天子，我也緩緩的張開了嘴巴，迎接他的進入。在一分鐘左右的熱吻之後，他的左手一把抓住了我的胸部，我感到不對勁，想要反抗，卻被他有力的右手擋住，而他的左手進而伸入了我的內衣之中，這時我已經嚇得把他推開了。

「你不能這樣子！我們才第一次見面，怎麼可……」我的話沒說完，整個臉已經被他一巴掌打得往後仰。

傷疤男甩甩手，那個樣子看起來比剛才的流氓還可怕，而我已經嚇得流出眼淚了。

「不要這樣……」傷疤男猛地一把抱住我，試圖想要將我的衣服撕破，這時我已經尖叫出來。

忽然傷疤男被人從背後拖住，一把摔到牆上。

Hank 來了。Hank 收到我的短訊，找到了這邊。

傷疤男站起來之後，和 Hank 扭打在地上。平實看起來斯文的 Hank，沒想到這個時候非常勇猛，幾分鐘之後，將傷疤男制伏了。

「Peggy，我們走吧！」Hank 溫柔的把衣服批在我肩上，我們兩人緩緩的走出了網咖。

「Peggy，妳怎麼會跑來這裡呢？太危險了！」

「我是因為……啊……」我抬頭想要回答，卻看到 Hank 的臉上流下了血，想必是剛才扭打時所造成。Hank 察覺後，摸了摸自己的額頭。

「唉呀！這會留下疤痕了吧……破相了，沒人愛了……」

我聽完則是緊緊握住了 Hank 的手臂，心裡開心的竊笑著。

後記

身邊很多朋友受算命或是占卜的影響很大。

其實，我自己亦然。

我自己喜歡算生命密碼，一大堆算命的方式，我也都去試過，紫微、星座、塔羅、前世今生，各種都算過。

算了這麼多年，我得到的結論就是——真的很難準確。

常常都是自己去附會的。

這故事想說的也就是如此的感覺。

如果妳喜歡，大可以在他臉上留個疤，甚至是，青春痘的疤痕，都可以當作是疤。

如果妳不喜歡，就算他滿臉疤，妳也會當作看不見他。

認清自己的感覺，還是比較重要吧！

CHAPTER 16 / 名人男朋友

和 Nicky 交往進入了第三個月，但我的挫折感越來越重。

原因無他，只因為他是公眾人物——一個名詞曲創作人。

雖然他不常曝光，但是靠著寫出一首首家喻戶曉的流行歌曲，使得他的名字，常常出現在捕風捉影的八卦雜誌上。

Nicky 低調、年輕又多金的形象，常常讓人家對他的感情世界感到好奇。

但總是沒有人公佈到真正的消息。我多想說，我就是他正牌女朋友。

因為 Nicky 不愛張揚的個性，因此也不會接受電視台的訪問，以致於連他的性向問題，都成了媒體炒作的話題之一。

我常在心中喊著：「我和 Nicky 已經交往了三個月！」

這個情況一開始倒也不會讓我感到不舒服，只不過上個禮拜的八卦週刊，不實的報導 Nicky 的女助理和他有染，這事情令我非常難受。

「只是無聊的報導，妳知道的……」

「我不能曝光嗎？」我無法接受，名人就不能夠交女朋友嗎？

「……為我好的話……這種事情，能不公開就不公開吧！」

我無言。

我每天只能看著奇怪的報導和不實際的八卦，不停的批評著我的男朋友。

我知道 Nicky 不是刻意不公佈，因為他和我在一起時的溫柔體貼，讓我相信他願意為了我做任何事情。

我推測是唱片公司以及一些藝人朋友對他的影響。

就在某一天午後，當我看著水果日報時，有個念頭竄進了我的腦子裡。

我好像，想到了好辦法。

我打算打電話給狗仔，然後告訴他們，我和 Nicky 約會的地點和時間，好讓他們跟蹤拍攝。

這樣一來下個禮拜的周刊就會報導我的消息，而以我對 Nicky 的了解，我相信他會公開承認一切事實。

於是我撥了電話。

我至今不會忘記，狗仔接到我電話時，那種如獲至寶的反應與聲音。

因為 Nicky 的行蹤，從來就不會被他們所掌握到。

時間到了，我和 Nicky 在約會的地點見了面，吃了飯、進了旅館。

我甚至故意要求 Nicky 在出了旅館之後，在街上與我熱情擁吻。（我看別人的版面都是這樣拍的。）

然後，我心中竊喜，耐住性子等待下禮拜的雜誌出刊。

我想像著，身邊朋友知道了我的男朋友是 Nicky，大家會有多羨慕，而 Nicky

也許會因為這個事情，召開記者會，正式宣佈我和他的關係。

越想越開心，越想越睡不著，在雜誌出刊的前一晚，我幾乎是整晚失眠了。

第二天當我喜孜孜的走往公司的途中，我特別拐個彎到了書報攤去瞄了一眼。

果然，數字週刊斗大的封面印出 Nicky 的照片！

成功了！

我並沒有刻意的去買雜誌，只是壓抑著我的喜悅，趕緊上了車前往公司。就在公司門口，我終於遇到了同事小娟，我知道她是每一期數字雜誌都會買的人，因此我期待著她開口的第一句話。

「Sue，妳就別太難過啦！」小娟看著我語重心長的說。

「啥？」這不是我預期的反應。

「我為什麼要難過呢？」我心裡想，小娟是不是誤會了什麼？

小娟二話不說的將雜誌拿給了我，而這時，我看清楚了標題。

『Nicky 的風流夜！一個晚上連跑三間旅館！』

我驚訝的翻了內文，才發現，在我後面還排了兩個……

後記

如果有人與名人交往過，可能會比較有同感。

正在與名人交往或是曾經交往過名人，又有不同的情況。

如果是曾經交往過名人，就會常常碰到比較尷尬的場合。

比方說你帶了現任男朋友出來，卻在螢光幕上看到名人前男友，那種機率，就會比起一般人帶現在男朋友遇到前任男朋友的機率來得高許多。

當然在電視上出現，不算是真的遇到，只不過你自己的尷尬，只有自己知道。

如果現任男朋友也知道這段過往的話，那就更容易在生活中踩到地雷了。

如果是現在交往的對象是名人，也是種麻煩。

只要是聽到關於他的緋聞，自己就會難受。

只要聽到他與別的女人名字扯在一起，也難受。但是最難受的，我覺得莫過於是無法對外宣稱自己的存在，感覺就是一直吃悶虧。

這故事，就在於我以上的想法為基準下，所產生的。

CHAPTER 17 / 花心

「花心就花心，哪有什麼好理由呀！」我的音量很明顯嚇到來賓了，錄音室外的錄音師與F的助理，也都嚇傻了。

我失控了。

我是一名專業的電台主持人，和我的男朋友非常穩定的交往著，很巧的是，我的男朋友Scott，也在同一家公司工作，我們已經交往了三年。

在這三年內，全公司上下都知道我們感情如膠似漆，因為同居在一起，所以我們一起上班、一起下班。

三年的同居加上同事生活，使得我們對彼此的社交圈都非常了解，也因此從來沒有想過會有第三者介入的問題。

直到 Christine 的出現。

一年前的新人招募，讓電台裡面來了不少新面孔，分組訓練的結果，增加了 Scott 與 Christine 相處的時間。

我其實是不以為意的。

每天早上 Scott 還是會先開車載我到公司，他再開車去買早餐回來給我，中午的時候，則是會拿出我前一天晚上在家裡做的便當，一起微波來吃。

一直到幾個月前，我發現樓下的警衛伯伯看著我的表情不太一樣了，我發現身邊共處的同事和我說話的態度有所保留了，我察覺 Scott 因為要加班而留在公司，沒有和我一起回家的次數增加了，我才漸漸感受到，這段感情出現了異狀。

為了捍衛我們的感情，在某一天早上，Scott 載我到公司之後，我並沒有直接從停車場上去辦公室，反而留下來打算等 Scott 買完早餐後，給他一個驚喜。

結果驚訝是有的，三十分鐘後，我在角落處看到他載著 Christine 回到停車場。

原來，大家都知道的。

我不敢向他求證。而 Christine 面對我的態度，更是非常的糟。有時候想想，再怎麼說我也是個小主管，實在不應該忍受她的壞口氣的。

但我不敢說。

很巧的，上個禮拜一個新的網路作家F，出版了他的新書。一個外貌姣好的男人，只不過寫的都是他的花心故事。

我很不以為然，但是公司上層希望我訪問他，我也只能照做。

節目開始後，我劈頭第一句話就問：「請問，男人花心，這樣的事情對你來說，都是對的嗎？」

F看著我，微笑著。

「謝謝 Joy 的問題，不過有時候，我的花心，是有理由的……」

看著他從容不迫的合理化這種傷害我如此深的行為，還講得正義凜然，我的無名火，從心底最深層，炙熱的竄了出來。

「花心就花心，哪有什麼好理由呀！」我的音量很明顯嚇到來賓了，錄音室外的錄音師與F的助理，也都嚇傻了。

我失控了。

幸好這是預錄的節目，不過因為我的情緒，也只好中斷錄音。F的助理顯然比F本人要介意得多。不過F依然帶著微笑的，說出更令人火大的話。

「多看看我的書，妳的火氣會小一點……」

沒多久，錄音室內只剩我自己一個人，和F的爛書。

我無意識的想著Scott的事情，不小心又想起F那俊俏卻討人厭的嘴臉，非常無奈的翻著F的新書。

好死不死的，書上面寫著，女人面對男人劈腿時應有的心態處置。

「如果妳愛他，請妳不要理他，一陣子之後他會回來的。如果妳普通愛他，請妳和他攤牌，不管正面、負面，會有好結果的。如果妳快要不愛他了，直接分手吧！」

廢話！

我一個人，在空盪的錄音室，翻著一本言之無物的書，緩緩的流著眼淚……

這個工作上的突槌事件在我生活裡，並沒有留下太大影響，我依舊不敢攤牌、依舊不敢吭聲、依舊假裝不知情，與 Scott 恩愛的相處著。

就這樣，什麼都沒改變的，經過了一個月、兩個月、三個月……

我漸漸的發現，樓下的警衛伯伯看著我時的表情又正常了，身邊共處的同事和我說話的態度又恢復了，而 Scott 因為要加班而留在公司，沒有和我一起回家的次數也減少了，我才漸漸感受，這段感情回復原狀了。

當我察覺這微妙的變化時，我不禁想起F，佩服起他書中的話，如此的神準。

這一天反而因為自己加班，而單獨晚歸的我，走出了電台大樓門口，遠遠的看到了Christine——這個曾經打亂我生活的女人，正與一個男人手牽手的走在街上，我這才了解到，原來是她變心了，而不是 Scott 回心轉意了。

正當我自以為恍然大悟的時候，遠遠的，那男人的眼神注意到我，他將臉轉了過來，面對我微笑著點了頭示意，我才看清楚那張臉。

那是F。

「我的花心，是有理由的……」

「如果妳愛他，請妳不要理他，一陣子之後，他會回來的……」

我傻傻的站在街上，看著F牽著 Christine 的手遠去，不知怎麼地，我的心裡，竟然有那麼一絲絲的吃味……

雖然事過境遷，但，我卻打算回去和 Scott 攤牌了。

後記

這篇文章在網路上還挺多人討論的。

其中自然是針對F的那一段話，以及後來女主角為何又決定攤牌在做討論，在這邊我說明我的初衷。

真正深愛一個人，其實妳會給他比較大的空間，因此不管如何，他自己可以做出最後決定，是要離開妳，或是回到妳身邊。

這種對象，我認為是要走一輩子的。只不過如果只是交往對象，妳吃了這樣的虧，我就覺得要講清楚了。直接攤牌確認他當下想要與誰在一起，反正對妳而言，他不是一輩子的對象，那麼，就算走了，也是好事。最後一種情況不多說，本來就想分手的，藉機快閃。

只不過女主角最後看到F與Christine會吃味，其實就是代表了，女人對這樣壞壞的男人還是會被吸引。同時她也感受到，她的男人，其實不見得是回心轉意，而是有可能被女方給甩了。想到這裡，會讓她覺得這個男人根本不可靠，喜歡的程度大幅降低了，因此這時候去攤牌，是自己可以接受的心態。

CHAPTER 18

粉領

「只要敢再罵一句話，我肯定爆炸。」

十分鐘前開始，我在心裡就不斷對自己說著這樣的話。

只不過我的小主管Poly，一個四十幾歲還嫁不出去的肥女人，還是不停的在眾人面前給我難堪。

「我說了多少次，妳晚上要出去約會可以，要去夜店玩整晚也可以，但是早上不能遲到啊！我要妳做的企劃案，妳要完整的做出來啊，不是像現在這種，好像智商不到三十七的人寫得一堆廢紙！」

Poly看起來很生氣，但，我相信與會的人都不認同她。

因為昨天我們還看到她在自己的辦公室，關起門來偷打瞌睡的樣子。

我是April，台商公司裡面的一個小小產品企劃專員，我承認我不是一個非常認真的工作狂，但我也清楚我不會隨便打混。

剛到公司時，以為Poly是個和藹的大姐，於是便把偶爾去夜店的趣事，分享給她聽，誰知道不到一個禮拜，我就被大老闆叫去罵了。

這種只會打小報告卻沒有實力的人，竟然可以身居要職，我真的無法接受。

在那之後，我認真工作，只希望我的表現可以得到她的肯定，沒想到結果總是事與願違。

但最近更慘的事情發生了。

三天前，我的男朋友Tom，騎車過快，撞上了一名婦人，結果兩人都進了加護病房，昏迷不醒。

這兩天我每晚都在病房照顧他，根本沒時間睡覺，更別說什麼要把企劃案弄好了。

「Poly 姐，是因為這兩天我男朋友他……」

「我不想聽。不用和我說藉口，妳們就是人家說的粉領族，又粉又嫩，這個案子老闆明天就要，妳現在寫成這樣，妳以為誰會幫妳收拾？」

面對 Poly 的高分貝指控，我越聽越難過，想起至今還沒清醒的 Tom，再看看眼前這個沒有同理心的肥豬，眼淚不自覺的流了下來。

「哭什麼哭？妳認為我有說錯嗎？」Poly 得理不饒人，而我再也忍受不住奪門而出。

不過才上午十一點，我已經不顧一切離開公司，跑到醫院去看 Tom。

Tom 的家人也都在，每個人在病床邊，顯得憂心忡忡。

「聽說那個婦人的狀況越來越不好……」Tom 的父親面帶愁容的說。

「現在只能祈禱老天讓他們兩個都好起來。」

我一直守護在Tom的床邊，看著他的臉，想著我們交往的點滴。

我心裡想，如果Tom這次順利過關，我一定要辭去那爛工作，好好的陪他一段時間靜養。

就這樣一直到了傍晚五點，奇蹟出現，Tom終於醒了。

他爸媽與我都很開心，醫生診斷過後，也認為已經度過危險期了，只不過，這時候醫生卻說出令人心頭一沉的話。

「黃太太，過世了……」黃太太，也就是那個婦人。

當場，我們大家都傻了。

「我們需要幫她家裡處裡後事！醫生，黃太太家還有些什麼人？」

「她只有一個女兒，母女倆相依為命，這幾天半夜都是她女兒來照顧她的。」

我和Tom的父母親大眼瞪小眼，這時候我們真的有點六神無主，畢竟出了人命，我們還是得要負起很大的責任，而這之後，究竟是會有民事或是刑事責任，也都要與他家屬商談後，才可以定案。

於是我陪著 Tom 的父母親，等待黃太太的女兒來到。

從五點、六點、七點，一直到了晚上十一點多，都沒有看到任何家屬的影子。

「照理說五點多就已經通知家屬了，怎麼會這麼晚還沒到呢？」

這時候一位護士走進病房。

「到了，黃太太的家屬已經來了。」

我和 Tom 的父母親三步併兩步的趕到太平間，已經看到黃太太的女兒跪在病床前哭訴著……

「媽……對不起，我來晚了！」那女人哭得非常的傷心，幾乎哽咽到說不清楚半句話。

「嗚……我必須……先處理完公事，才能……過來，嗚……媽，對不起……」

我緩緩走向病床，瞬間罪惡感與愧疚感有如鐵絲網般的將我吞噬。

那是 Poly……

後記

在現實生活中，以前的我是個老闆。

當然在與各位的交流當中，我從不會拿出老闆的嘴臉。（事實上私底下也不太會。）

只不過，我常常覺得，就算我不拿出老闆的嘴臉對待員工，員工也應該知道自己的本分為何。

這篇文章其實指的是這方面的事情。

每個人都會有自己的立場、自己的家務事、自己的煩惱。只不過到了公司這樣的場合，就應該做到每個人的立場平等。

自己的私事不應該拿出來作為任何影響工作的理由。

更不可因為這種事情而爆發情緒。

我知道這很難做，只不過，通常我看到的是，這方面做得越好的人，工作也相對做得好。

見仁見智。

CHAPTER

19 ／ 倒數

踏進病房的那一瞬間，我能體會何謂血液凝結的感受。

Vodka 瘦得不成人樣，那不能用皮包骨來形容，我活生生的只有看到一具人骨，平躺在一張純白的床單上。

然而分手之後，這是第一次我和他再度的見面。

大一開始，我們一見鍾情般的戀情，羨煞了多少身邊的好友，而 Vodka 更是出了名的浪漫，在我們的戀情中，加味了更多的酸甜苦辣。

想起我們一群人開車到台中玩的時候，車上的我和他，因為一時的口角，使得

全車的人都摒住氣息，沒有人敢吭聲，氣氛沉重的就像是低氣壓籠罩般，幾乎快要不能呼吸。

就在我們僵持不下，又沒有人敢當和事佬的當下，Vodka 忽然大叫一聲：

「哇，不行了，我缺氧……」Vodka 當著大家的面，一把將我抱住，嘴唇立刻貼了上來，纏綿熱烈的吻戲，就在車上演出。全車的人，也不禁爆出讚嘆聲，因為這樣一來，什麼問題都解決了。

Vodka 更為人稱道的浪漫行徑，則是在畢業典禮的致詞上，大聲對全校說出：「Vodka 愛 Nana，畢業後最大的願望就是和她結婚。」的勁爆發言。

這樣的 Vodka，我當然愛他。

每每出去約會的最後，我們總是在路燈下，捨不得分開，一旦有人提出回家，另外一方一定會捨不得而緊拉住對方，就這樣，告別的言語，可以說個兩、三個小時，卻還在原地纏綿。

於是 Vodka 訂出了一個規則，他說這是減輕彼此難受的規則。只要最後這個規則一實施，兩個人都有權利繼續，但兩個人也都有權利停止。

也就是倒數五秒。

通常會由 Vodka 開始數「五」，我會接著喊「四」、再由他喊「三」、我「二」、他「一」。一旦這個倒數開始，而兩個人都沒有在數數字時停止的話，最後的「一」喊完，兩個人一定要分開。

講電話也是如此。

於是每一次的倒數，成為了我最難過的時刻。

在我們交往的七年裡面，最讓我難過的兩次倒數，一次是 Vodka 要到英國留學前，在機場，我無論如何都無法目送他離開的倒數。印象中我只記得，Vodka 數到一的時候，他硬將我的身子轉過去，而我帶著滿臉的眼淚，一邊哭、一邊擦著眼淚不敢回頭的走出機場。

原本，我以為，那是最難過的「分開倒數」。

誰知道，一年前的「分手倒數」，才叫我心碎。

Vodka 說，他愛上別人，不能再與我交往了，那是在一個慶祝我們週年的紀念日晚餐上，我記得我們還開了紅酒。

Vodka 一如往常般的紳士，替我倒酒、替我夾菜，優雅的對我說出，分手的要求。我傻了、我哭了，我以為從英國回來後的他，已經決定和我走完這輩子，於是我大聲哭鬧著，吵到餐廳裡面的人，試圖要請我離開。

最後 Vodka 說了。

「妳冷靜點，不然……就和我們往常的習慣一樣，來個分手倒數吧！」

我不能接受！分開倒數是因為之後還可以看到他、擁抱他，分手倒數……算什麼呢？

「五！」但 Vodka 卻不顧這一切，冷冷的看著我喊出。

我的眼睛像是要冒火般的。

「……四！」

「三！」Vodka則是接得非常果斷，而我多麼希望他停止數數字。

「二……」拖長了時間，我知道，我還是得要吐出這個數字。

「一！」Vodka話一說完，立刻站起身走到櫃檯買了單，推了門離開，留下我一個人坐在餐廳內哭著……

在那之後，我幾乎生不如死，我甚至詛咒著Vodka，要他不得好死，詛咒他會有報應降臨。

然而眼前的他，真的嚇到我了。

「骨癌……」Vodka的母親看著我，輕輕的吐出這幾個字。

「他說他想見見妳……」我目送著讓我們獨處的伯母離去，在病床邊坐了下來。

Vodka插著管、帶著氧氣罩，這時他意識到我的存在，緩慢無力的手，邊抖動著將氧氣罩拿了下來。

「來了……呀……」

「嗯……」我聽著他的聲音，眼眶就已經濕了。

「我……這幾天……就很想……見妳。」我看得出，Vodka 幾乎是用盡了全身力氣在說這些話。

「現在你見到了……你先休息吧！我不能待太久。」我不想見他那麼辛苦，也不想在他面前崩潰。

「不行……時間……不多……」他看起來，已經快要不能說話。我知道我得趕緊離開，讓他再戴上氧氣罩，減輕他的痛楚。

「你這樣不行……對了，記得我們以前的習慣嗎？」我想起了這個方法。

「五……」通常都是他先喊出的數字，這次卻由我先發號施令。

「……四」Vodka 微微的笑著說，好像是在笑我還記得我們的默契。

「三……」我輕輕牽著他的手，希望數完最後兩個數字，他就可以好好的休息了。

「……」Vodka看著我，帶著微笑的，嘴巴似乎不打算再數出下一個數字。

「Vodka……三了，三……」我哽咽了，因為Vodka的眼睛慢慢的闔了起來，我這輩子從來沒有一次這麼希望他，再繼續喊出下一個數字。

「三……」我大喊著，雙腿卻無力的，從椅子上跪落至地上，而Vodka再也不說話了……

我哭著、哀嚎著，也深深的體會到，分開、分手和分離，什麼才是最刻骨銘心的……

後記

前一陣子看了幾米的書，書裡描述他怎麼樣創作自己的故事。

書中提到，他有種本領，就是可以記住畫面。

而我才發現，我自己也有種本領（或稱為習慣），就是記住感動。

從小到大看過的電影、書本或是生活中的感動，我幾乎會常常拿出來溫習。

這習慣讓我可以很快的想起很多感動，並且藉由這種感動，去創造出屬於這種感動的脈絡。

這篇故事就是這樣創造出來的。

最原始的想法是，同樣一句話，在不同的情況說出口，會產生非常不同的感受。

而電影情節裡面最常用到的就是，一句平常雙方用來應對的口頭禪，到了生死關頭的時候講出，那種渲染力和感動，加倍強烈。

也許大家也可以想想，屬於你們之間的那句話，是什麼？

CHAPTER 20 ／ 不完美謀殺案

當警察來到家中的時候，我其實是緊張的。不過隨著第一句話說出口，我知道這齣戲已經不能喊停。

「是的，我一回到家，就看見他上吊了……」我指著被白布覆蓋的丈夫，盡力讓我的表情，看起來像是壓抑著悲哀。

「你們有發生口角嗎？最近？」警察先生一臉正經的問著。

「我出門前的確有過口角，因為我先生很喜歡吃醋，他常提到我和同事出去吃飯，而冷落了他……」

「好的，陳太太，我們會再調查清楚，請妳節哀……」警察一群人很快的離開了。而我，望著空曠的家裡，心裡有點難過，卻也感到放鬆。

和 Moris 結婚已經五年了，一向大男人的他，從交往到結婚後，總是試圖要教我一堆道理，我早就厭煩。最近這一年，沒有工作的他，更是整天查詢我的通話紀錄，限制我的行動自由，讓我走向崩潰邊緣。

事實上，他的第六感的確是對的，對這段感情失溫的我，這一年來確實私下和 Jordan 交往著。

而這段時間，Moris 的不順遂，使得他的精神狀態越來越差。開始前往心理醫生看診的他，卻給了我和 Jordan 一個歹念萌芽的契機。

「我受不了了，每天被 Moris 這樣逼迫，他不瘋我都先瘋了……」我抓著 Jordan 大吐苦水。

「他現在有吃安眠藥對嗎？我倒是想到了一個方法……」Jordan 竟然提出了謀殺的意圖。

藉著Moris會服用安眠藥的習慣，我可以在他的飲料內，加進更多的安眠藥，待他睡著之後，讓Jordan進來我家裡，佯裝成Moris上吊的樣子，這樣一來，Moris死得沒有痛楚，警察來也查不出，只會認為他因找不到工作而厭世。

我思考了三天之後，決定執行。

事情很順利完成，而警察也表示會進行例行性的驗屍。

我一個人在家裡開始整理起Moris的遺物，想將這些東西塵封起來。

看著一張張從前的照片，他的說教神情竟然不停的浮現在我眼前。

「寶貝，中控鎖要記得鎖上！」

「寶貝，做事情要有邏輯，輕重緩急要分清楚！」

「寶貝，看人要看內心，不要只注重慾望！」

Moris這一路走來有如我的心靈導師般，教導我一大堆人生道理，我雖然不悅，卻總是在事後感到收穫。

但是現在，再也沒有機會了。

看著掛在牆上巨幅的結婚照，我感到後悔，甚至懷疑起自己，是否真的對Jordan有那麼深的感情，強烈到可以為了他去殺死最愛我的人。

眼淚不爭氣的滑落，我決定將結婚照卸下。

這時候我赫然發現，結婚照的後面，藏著Moris的一封信。

看著日期，那是五年前剛結婚時他所寫下的。

「寶貝：我不確定今後的生活會如何，也不確定我的高薪可以維持多久，但我確定的是，我會一直教妳重要的事情，我會一直給妳最大的決定權，我會尊重一切妳想要做的事情，必要的時候，我會用我的生命達成這一切……愛妳的Moris」

眼淚模糊了Moris的字跡，我發現，我真的後悔了。

但更令我驚訝的是，我在他的書房抽屜內，看到一疊我和Jordan的親密照片。

Moris早就知道了！我的心情頓時無法平靜，好死不死，這時候警察再度來訪。

我擦乾我的眼淚，試圖整理好情緒，打開了我家的門。

「陳太太，我們剛剛找到妳的朋友Jordan，他已經承認他的犯罪意圖……」

我驚。

「他也說出你們的關係……可能要請妳到我們警察局一趟。」警察依舊面無表情。

我的臉色蒼白得就像張紙片般，這時候我還是不禁想起Moris。

「寶貝我都和妳說過了，妳這樣做是不好的，妳老是不聽……」如果他在的話，一定是……

我邊哭、邊笑著，想著自己的笨，如果Moris在的話，一定可以教我更完美謀殺他的方法。

我想，我的人生下半段，都要在牢房裡度過了。

忽然警察接到電話，撲克般的臉，這時顯露出一絲的驚訝，隨即掛上手機。

「陳太太，我想您也不用太緊張……」

我瞪著他，心想坐牢的又不是你，你在那說什麼風涼話。

「法醫檢驗出……陳先生……也就是妳的丈夫，在上吊之前，已經服毒自殺，死了三小時，因此，這椿謀殺案……並不成立。」

聽完之後，我呆立在門口，久久不能回神。

「寶貝：我不確定今後的生活會如何，也不確定我的高薪可以維持多久，但我確定的是，我會一直教妳重要的事情，我會一直給妳最大的決定權，我會尊重一切妳想要做的事情，必要的時候，我會用我的生命達成這一切……愛妳的Moris」

最後的最後，他還是不放棄教我，不放棄保護我……

後記

有一種人，他不在的時候，妳還是會想起他。因為他對妳特別的好，或是他講的話特別的有影響力。

我想描述這種人。

然而，我們常常會惋惜這種人的離去或是消失。

當然，這樣的人通常會比較愛說教。

只不過，事情總是兩面的，一個比較突出的人，伴隨而來的就是會比較多是非；一個比較質樸的人，他的生活裡就會比較平淡。

我認為女孩子在選男人的時候，真的要把這樣的思考邏輯考慮進去。

而不是只看到這個人好有才華，不管他的孤僻。或是說這個人好老實喔，而不理會他的無趣。

通常，感情會結束的一句名言，就是，當時的優點變成缺點。

這是自己的選擇，而，選擇時要想清楚。

CHAPTER 21 ／ 來世

凌晨二點四十五分。

我又嚇醒了。同樣的夢境，同樣的劇情，同樣的男人。

如果我沒記錯，大概是從大學畢業那年開始，每個禮拜當中，一定會有一個晚上做相同的夢。

夢中有個男人，與我見面，那是在一處花園裡。男人見到我，開心的與我相擁，我們親密的抱著，他親吻著我的額頭，進而深情的擁吻。

男人的手，總會不規矩的在我身上游移，我知道，我並不想反抗，但是在這個時候，總會出現一句叫聲。

「曉琪……」

聲音就像是在我耳邊呼喚一般，每每都讓我當場嚇醒。

這樣的事情，持續了好幾年。一開始我不以為意，可是後來出現的頻率漸漸提高了，我去問過一些心理專家、甚至靈媒，大家說的都不盡相同，不過得到一個確切的結論，那夢境應該是我前世的記憶。

有一派的人告訴我，那個男人是我前世的愛人，前世緣未了，我必須要去尋找這個男人，接續那段未完的情緣，夢境應該就會停止。

不過我找到三十三歲了，夢裡的男人五官越來越模糊，而我對於這個夢，也越來越不想去計較了。

最大原因也是我認識了世華。

在我們公司擔任業務經理的他，為人務實並且積極，雖然與我年紀相仿，但是在工作上的表現，已經非常亮眼。

而在一年前我們開始交往，感情發展快速，身旁的人也一直鼓勵我，千萬不要放掉這個黃金單身漢。

我也是這麼想的。

於是我自己準備了求婚戲碼，我買了戒指，我相信，以我們兩個的感情，加上女方先開口的優勢，這件事情，應該是把握十足。

我約了世華中午在公司後面的小公園見面。那裡雖然不大，但是有花有草，還有個小鐘塔，氣氛頗優，只是偶爾會有遊民出沒。

世華依約到了地點。我偷偷地從背後一把將世華抱住，並且拿出戒指，輕聲的在世華的耳邊，說著：

「嫁給你，好嗎？」我相信，這已經是我使用過最甜軟的口氣了。

世華一聽，欣喜若狂，轉身將我抱住，親吻著我的額頭，進而深情的吻著。忽然我覺得這一切，那麼的熟悉，這不就是我常年經歷的的夢境，花園和擁吻，原來，世華就是我的真命天子！

我的心，頓時好安定……

瞬間，一直躺在遠處的遊民，竟然出現在離我們不到二十公分處，一把將我從世華的懷裡扯開，這個髒兮兮的遊民，一手拿著刀架在我胸前，一手將我緊緊抓住。

「錢、戒指，錢、戒指……給我！」遊民對著世華說。

沒想到正義感強烈的世華，這時候竟然堅持了起來。

「放開她，放開她我才會給你，放開……」世華嘶吼著，甚至一把衝向前想要抓住遊民的手。

遊民往後退了一步，讓世華撲了空，遊民順勢將我轉過身面向他，我看到他握刀的手，高高舉起，筆直的朝我的心臟，刺了下去。

痛徹心扉。

那一刻我知道我的生命，所剩無幾，在逆光下，我看清楚了遊民的臉。

是他……那個在我夢境中一直出現的男人，我在心中，微弱的叫著。

「曉琪……」而一旁來自世華的叫聲，竟是如此熟悉。

在我感到腦袋空白暈眩，整個身子往下倒的同時，我瞥到了鐘塔上的時間「2:45」，而那個總是中斷的夢境，也在我的潛意識中，如電影般完整的走完。

一開始我與那男人見面，男人要求與我結婚，我開心的笑著，接著就是每次夢境都會出現的擁抱與長吻的過程，可是到了最後，我推開了男人，冷冷地說：

「我愛上別人，不能嫁給你……」我漫步離去，只見男人跪在地上，抱著自己的胸口，哭著。

我知道，我徹底的傷了他的心……

於是，這輩子，他直接的傷害我的心。

倒在地上的那瞬間，雖然萬種情緒，但，我只有一個念頭。

來世……等著……

後記

這篇想說的和第一篇的感覺有點像。

就是我還是想要說明，在愛情裡面，也是善有善報，惡有惡報的。

不過我不是什麼闡揚教義的人，只是想說，因為太多事情看不到，所以很多人不去理會對方的感受，總之，先顧自己爽，其他以後談。

這樣很危險。

我相信世界上能量總是不滅的。

正面能量與負面能量，一定會在某一個時間點抵銷，或是平衡。

今天的傷害，有可能就是明天的被傷害。

而如果說，小說除了茶餘飯後的閒聊話題之外，可以多出這麼一些些讓人思考的議題的話，會讓我覺得愛情小說，也有它本身的功能存在。

畢竟這種小說是最貼近一般人的生活。

CHAPTER 22

／熟女下午茶

已經忘記這是第幾次了，我帶著同事 Elva 和我的姐妹淘好友 Irene，一起共度週末的下午茶。

Elva 是個結婚近十年的熟女，總是遵循著一夫一妻制的傳統美德。

然而 Irene 卻是個不折不扣的玩咖，不到三十歲的她，每次下午茶講得都是她與新男人的韻事，聽得我和 Elva 好不嚮往。

雖然我與 Elva 不算太熟，但我可以感受到她，身體雖然被家事綁住，但心裡卻很想與男人狂歡的慾望。

但，今天我自己卻有些心事。

兩個禮拜前的週末，在朋友聚會中認識的帥哥 Patrick，在送我回家時，臨別那深情的一吻，讓我至今還陶醉其中。

一個看起來不過三十歲的男人，渾身卻有著成熟的魅力。

「Penny！Penny！發啥呆？」Irene 的聲音一把將我拉回現實。

「妳在做春夢對嗎？一定是有什麼好事情妳沒說出來……」

「沒有呀，我的事，怎麼也比不上妳的精采，Irene，妳上回說的有老婆那個，後來有進展嗎？」我尷尬的想把話題轉移。

Elva 不說一語，眼睛卻是望著 Irene 充滿了期待的表情。

「沒有進展，我還是 Irene 嗎？重點是，那個男人雖然看起來年輕，實際上已經結婚好幾年了……」

「你們，做了嗎？」

Irene 像是要吊人胃口似的，緩緩的喝了口咖啡，接著慢條斯里的說。

「上禮拜二的晚上九點多，我故意打了電話給他……」Irene 笑了。

「挑這時間打電話，是有學問的……結了婚的男人，通常這時間都在家裡了，如果他真的對我有興趣，就會想辦法和我講電話，如果只是玩玩，那電話……就有可能是不會接的。」

我咬了咬嘴唇表示認同，雖然我心裡想到的是上週二晚上九點多，我與 Patrick 也在東區吃了飯，不過 Irene 的故事通常都很精采，我也不免有了好奇心。

「他說他人在外面，一會兒過來找我，果然沒多久，十點半不到，他就已經在我家門口了。」

「然後呢？」Elva 迫不及待的追問著。

「然後就做了呀！」Irene 的眼神散發出一種妖媚的氣息，看著我們微笑的說。

「他真的很棒，他的身材、技巧和體貼，大概是我碰過狀態最好的男人。」

聽完後我真是羨慕。Irene 的身材和長相，在女人裡面，都可以算是一流的，因此她可以遇到這麼棒的男人，我一點都不覺得驚訝。

我回過頭看看 Elva，這個已經結了婚十年的同事，完全的黃臉婆造型，更別提她只能夠想像 Irene 的這種豔遇。

「他會來！」Irene 輕描淡寫的說。

「誰？」我問。

「我剛才說的男人……」

我想這是一種炫燿的心態吧，雖然這舉動我覺得有點幼稚，但是可以看看 Irene 口中這麼棒的男人，倒也不是什麼壞事。

沒多久，Irene 的手機響了。

我和 Elva 躡手躡腳的跟在 Irene 的身後，希望可以看清楚那個男人。

於是，Irene 到了飯店門口，坐上了那輛男人開的寶馬。透過窗戶，我看清楚了。

他的確是個不折不扣的帥哥，五官立體分明，眼神清澈，看起來不過才三十出頭。

不過我心碎了。

因為那就是 Patrick。

原來上禮拜二和我吃完飯後，Patrick 匆匆的離去，就是為了趕去 Irene 的家。站在飯店門口，我傻傻的望著遠去的車，完全忘記了身邊 Elva 的存在。

好一會兒，我才回過神來，意識到 Elva 在一旁。

「那麼帥的男人，竟然是已婚的……他老婆應該也不比 Irene 差吧？幹嘛要這樣……」我試圖讓自己置身事外的閒聊著，雖然心有不甘而嘴唇顫抖著。

「……我不覺得耶！」我這才注意到 Elva 一直和我看著相同的方向，一動也不動。

「因為……那是我老公……」Elva 說。

台北，很小……

後記

過年時，我和幾位久未見面的好友見面了。

在一家很有味道的酒館裡面，喝著酒，聊著彼此最近的生活。

這幾位，都是女性。

其中有一位聊到了最近和她走得相當近的男性。就聽到旁邊另外一位女生，驚訝的叫著，因為那男人她也認識。

這件事情，引發了我想寫這篇文章的念頭。

台北真的不大，尤其是生活圈很類似的人們。

也因此一般人得要面對的就是，這個男朋友以前曾經和誰在一起過，而這個女人又曾經和誰誰誰交往過多久……

交集到最後，很多生活圈的人都可以直接因為某個人而圈在一起。

所以在這個時代，要交往前，最好先把對方的愛情履歷攤開來看，會比較保險。

CHAPTER 23／結婚喜帖

我也收到了。

從幾天前開始聽到朋友說Nelson要結婚的消息，我就一直在看我家裡的信箱。果然！我也收到了。他真的如他所言一般，是個不折不扣的大男人。

在一起了兩年，在半年前分手，我知道我一直沒有忘了他，他對我的一些「教誨」，我還是牢牢的記在心裡。

「女人是男人的肋骨，如果要成家，一定要體諒男人的想法。」

「男人就是要強勢，保護女人，家庭是男人一手撐起的。」

「穿得太過曝露啦！這種衣服只要在家裡穿給我看就好。」

好多好多的大男人教條，都在收到了這份紅色炸彈後，在我腦海中炸開了……模糊的視線中，我看到了紅色信封上，多了點褪色的痕跡。

終究這樣的結果，還是讓我掉下了眼淚……

「如果我前女友結婚，她發帖子給我的話，我一定會去參加，因為這才是成熟的表現……」

「不管怎樣的交往過程，就算是分手了，我們都一定要笑著祝福對方，像那種分了手就在背後詛咒別人的，再幼稚也不過了……」

你講得對……都對……但……我真做不到……

那時候的分手，就在於你決心要收留那個全身溼透的前女友，在我們家過一夜，而且，是我不在家的時候……

「我和她都分手了，現在只是朋友，難道妳不能成熟點嗎？」

「如果妳要因為這種事情和我分手，那妳請便吧，我接受不了不成熟的人……」

你的口氣，堅硬得就像是說著物質不變定律的教授在課堂上講課，而我，活像是個翹了課的學生，不敢面對你那成熟的思維。

我終究是不成熟的，離開了你……

至於這封喜帖……去……或者不去……

當天晚上，我穿上了你曾經誇讚過我的禮服，雖然前面領口低了點，也被你下過不准穿出去的限制令。但，我想我也是個成熟的女人，沒有必要緬懷過去你的指導。

我依照喜帖上的時間、地址，準時到了現場。

那算是台北市最高級的飯店了吧。

在門口，我遇見了正在招呼客人的你，這個我這輩子認識最桀傲不遜的人。

「Maggie，妳來了！」你熱情的給了我一個擁抱。

而當我還沉醉在你那厚實的臂膀中時，你已經禮貌性的將我推開了。

「對呀！Nelson，恭喜你……」我的話還沒說完，Nelson已經忙著招呼別人了

「阿Joe……多謝光臨，多謝多謝。」Nelson就像個主人般，忙著與來往的嘉賓寒喧，而我，則是淡然的，隨著招待走入了宴會廳中坐下。

我真的想走。

我罵著自己，為何要假裝什麼成熟來這種場合，看著自己心愛的男人與別人結婚，來折磨自己……

只是隨著身邊的來賓一個個將座位都填滿之後，我的腳又沉重的如水泥般，無法行動。

燈暗了。

參加過無數次的婚禮，我知道，主持人將會開始主導這一切，而新郎、新娘，

將會在這最多親友的祝福聲中，漫步走出。

於是，Nelson 緩步的走到台前，接下了主持人的麥克風。

這麼大男人的人，是不會錯過這種自我表現的機會的。

「各位來賓大家晚安！非常歡迎大家今天晚上前來參加我的婚禮，我的爸爸、媽媽，也特地從加拿大趕回，參加今晚的典禮……」

掌聲四起。

「事實上，今天能否結婚，還是個未知數……因為，新娘還沒有答應我的求婚……」

這時候每個人都鼓譟了起來。

我知道 Nelson 非常的自我，但我再怎麼樣也想像不到，他會拿結婚典禮來開玩笑。或者應該說，他對自己太有自信了，竟然敢先將貴賓們都請來，再來決定要不要結婚。

「Maggie！」隨著 Nelson 的一句話，忽然一道 Spotlight 朝我射來，亮得我睜不開眼睛。

「妳願意嫁給我嗎？」

隨著這句話出口，這時候我已經清楚，目前是什麼樣的情況了。

Nelson 從台上慢慢的走到我身旁，在我耳邊輕聲的說。

「妳願意來參加我的婚禮，表示妳已經成為我們之前討論過的成熟的人了……」

「願意嫁給我嗎？」Nelson 手一攤，做出了邀請的手勢。

後記

「這篇故事的結局，留給大家來填空吧。」這句話是我留在網路上的後記。

果然很多人劈哩啪拉的罵了起來。說這男人根本是大男人，說我也是標準大男人，不然不會寫出這樣的文章。

很好，達到我要的目的了。

事實上，網路上的留言裡面，除了這樣的留言之外，還有另外很大一派的人，留言寫說，好浪漫……

我只是想說，對於同樣一件事情，其實並不是都那麼絕對的。

妳覺得不好的事情，也許人家覺得好，妳覺得好的男人，更有一堆人覺得很爛。

因此，大男人，好嗎？

別再把小女人排除在女人之外了，也許大女人的妳很不喜歡，但是對於小女人來說，這是他們最適合的另一半，不是嗎？

CHAPTER 24／結婚之前

翻雲覆雨之後，我和 Alan 一起躺在旅館的床上。

他慣性的抽著菸，我則是慣性的感到罪惡感。

不過今天，我決定要徹底擺脫這個罪惡感。

「Alan，我有點事情想要和你說……」

「這麼巧，我也是……」Alan 的眼中閃著光芒。

我和 Alan 維持這種關係已經兩年了。在這兩年中，我一直隱瞞我結婚五年的老公，完全不讓他有任何懷疑。

雖然，我知道我老公阿仁對我非常好，但是我心裡更清楚，我更希望與 Alan

過下半輩子。

然而，Alan 是個標準的黃金單身漢。不但有著非常高薪又體面的工作，對女人更是細膩浪漫。Alan 最常和我說的一句話是：「如果我確定要結婚，我就會中止和妳之間的關係。」

然而他也常常問我說：「如果我要妳離婚，妳做得到嗎？」

而我總是回答：「等你開口那天再說吧……」

我們兩人，很有默契的，維持著一種情人般的和諧。

然而今天，我有預感，有些事情要發生了。

「這麼難得，那你先說吧！」我笑笑的看著他。

Alan 將煙捏熄，側過身來面對著我。

「Michelle，我們兩個在一起，真的很快樂……我很想要永遠和妳在一起……」Alan 的眼神如此的真摯。

而我，滿心期待他接下來的話。

「不過……我知道妳辦不到，因此我只好忍心，去尋找第二個僅次於妳，我最喜歡的女人……」

「什麼意思？」我的臉色，應該是微微的變了。

「我下個月要結婚了……」Alan 斬釘截鐵的說。

「所以……」

「所以今天是我們最後一次見面……」

「……好……恭喜你！」我僵硬的，笑著。

其實，我早就知道會有這一天，雖然這天來臨時，我是那麼的難以接受，但是畢竟，這就是這種關係走到盡頭的標準流程。

我進了浴室沖洗著，水打在我的臉上，我藉機讓淚水一起排出，以便自己等等出去，可以更平常心的面對他。

就在我調適自己心態的同時，我聽見，旅館房間門關上的聲音，我急忙圍著浴巾走出浴室，才發現 Alan 已經離開。

桌上留著張紙條。

「祝妳我都幸福　Alan」

我的眼淚，發了瘋似的狂飆了出來。帶著傷心、帶著不甘。我還有許多話，還沒告訴他……

我緩緩的從手提包中，拿出了昨晚阿仁簽字的離婚協議書，緊緊的抓著。緊緊的、緊緊的……我整個人蹲坐在旅館房間的地毯上，無力的哭著。

「Alan，你能幸福，我已經沒有幸福了呀……」我一邊回想著昨天阿仁難過的要我再想想、再考慮，那種無奈表情，我更是悲傷到不能自己。

我不知道我自己做了什麼，阿仁一直被蒙在鼓裡，一直到要離婚前，他都不知道發生什麼事情，而我，不但傷害了他，現在令自己更無地自容……

我的整個世界，陷入了一種永遠無法迎接早晨的黑暗中。

不知道哭了多久，我終於像具死屍般穿好衣服，走出房間。

踏出旅館的那一瞬間，我不知道，自己下一步，要往哪裡走。

一台熟悉的車在我面前停了下來，一個熟悉的人，走下了車。

「回家嗎？」阿仁下了車，幫我把東西拿到車上。

我則是一臉呆滯，隨著他的牽引上了車。

「你……」我不知道該說什麼，傻傻的望著前方的擋風玻璃……

「半年前開始，我就請了私家偵探監聽……希望妳不要生氣……」阿仁像往常一樣，開著車，微笑著。

原來，他早就知道……

當車子開至仁愛路兩旁的林蔭大道時，阿仁緩緩的說：

「我們可以……再結一次婚嗎？」紅燈，阿仁將車停了下來。

我的眼淚，卻早已停不下來……

後記

看不清是好男人還是壞男人，這是我覺得女人最危險的一個毛病。很會做愛、很會表演、很會表現、很好看……這些都不足以證明這是個好男人，我說過的理論當中，好男人在於，不會隨便傷害別人。

而壞男人，最喜歡保護自己。

保護自己的形象不受影響，保護自己的工作不受影響，保護自己的聲譽不受影響。也因此連誰要開口提分手，有時候都會變成男女雙方推託的一個功課。

但這種事情，通常女人都不看。

看過一個兩性專家的書裡面寫著，挑選男人的要素，三項裡面有一樣包括會點菜，也就是說要懂得吃。

看到這裡我就將這本書給闔起來了。

衷心祈禱這位愛情專家不要遇到壞男人，因為這年頭，壞男人都還滿懂得吃的。

CHAPTER 25／迷霧

在我開車跟蹤他三十分鐘之後，我在林口的一棟新房子前面停下。

我看到了，這輩子我最無法接受的情景。

在我們即將結婚前，發現了我最愛的男人，抱著一個小孩與一名美麗的女人，另外擁有了這麼一棟美麗的別墅。

我真的不能接受。

回想起上禮拜，董事長的兒子，開跑車邀約我的畫面，我通通都拒絕了。

我和大衛熱戀的這五年來，我從來不相信我們的感情會變質，我愛他愛得堅信不移，我也相信他對我是天荒地老。

任何人問我，我都會回答一樣的答案。存在永恆的愛情——因為我正擁有。而如今看到的畫面，雖然讓我震驚，但是理智如我，還是可以分析出多種可能。

朋友的老婆。

多年前的好朋友。

多年前的女朋友。

只是不管是哪一種可能，我都無法解釋，為什麼這個女人不能讓我認識？為什麼這棟房子，不能讓我看見？

以我對他最近行為的推斷，他來這邊應該是第五次左右。我看不下去，只好緩緩的將車駛離。在通往交流道的這段路上，前方的路卻越來越看不清楚。

我擦拭掉眼眶的淚水後，眼前還是一片模糊。

是霧。

那是一大片霧。

看過不少驚悚小說和電影的我，確信霧的出現，代表某些事情會發生。無法看清路況，迫使我將車停了下來。我將車子的大燈打開，坐在車上等待這團迷霧的散去，然而卻比不上我心中的迷霧來得令人迷惘。

二十分鐘後，迷霧散去，我開著車上了高速公路。一路上不斷反覆思考的我，想不出個所以然，最後，我決定直接打電話給大衛問清楚。

「喂……Pan，妳在哪裡？我一直在家裡等妳！」

大衛的家在新店。我驚覺他開車的速度之快，我還在高速公路，而他竟然已經回到家了。於是我驅車前往他家，打算當面對質。

開到新店市內，我感到些微的違和感，我說不上來，好像在迷霧之後，世界偷偷的改變了裝潢似的。

我有大衛家的鑰匙。我很迅速的，開了門進去，聽到浴室裡的聲音，我能判斷，大衛正在洗澡。

但，這個家的擺設怎麼都變了！

我的心中感到一種恐慌，但，似乎察覺到了什麼。我一路往大衛房間走去，推開門的剎那，我越來越清楚了。

牆上掛了一幅巨大的結婚照，裡面的人是我與大衛。我急忙的翻出大衛往常放照片的櫃子，挖出了好幾本新的相簿，我看到了真相。

結婚典禮、宴客照、婚紗照，那些我本來期待的，都在相簿裡面一一呈現了出來。

我的眼睛立刻搜尋房間內的日曆，終於了解怪霧所帶來的轉變為何。

這是二〇二五年，我到了未來。我和大衛已經結婚三年。當我隨手翻著結婚時的那些照片時，我心中的迷霧也逐漸散去。

我看到了我們夫妻與那名美麗女子的合照，以及她手中握著的鑰匙。

是個驚喜。從一連串的照片我可以判斷，女子是別墅的主人，而別墅是我們慶祝婚禮的場地。

我心中慶幸著，那團怪霧的出現，原來是要告訴我，我心中的永恆愛情確切存在。

正當我思考著要如何回到原來的空間時，我聽到門口有人開了門進來。

「大衛！我回來啦！」我聽到了我自己的聲音。

不知道是看過科幻片的影響還是怎樣，我直覺認為我不該與這個時代的「我」見到面，於是我躲進了衣櫃。

這個「我」一下子就走進房間，換上便服，放下了包包和手機等飾物，又走回大廳。於是這時候我趁機從衣櫃出來，打算離開。

忽然，我的手機和「我」的手機同時響了。

也許是因為三年前的我到現在都沒有換過手機門號，以致於當兩把同一個號碼的手機在同一個時空，有人撥打時，便同時響了起來。

我無法確定是有人找那個時候的我，還是這個時候的「我」。但是我很直覺的將手機接了起來，這時另一把手機也停止聲響了。

「寶貝，剛才妳很舒服吧！不過妳掉了個東西在我家，明天等妳老公不在時，妳再過來拿吧！」

我的肚子一陣反胃，立刻將手機切掉，丟到床上，全身發抖的畏縮在牆角。但我還是聽得出來，那是少爺的聲音，找的是現在已經結了婚的「我」……

原來，發現自己背叛愛情時，比被別人背叛來得難受更多……

後記

我背叛過別人。

感覺很難受。

不知道你有沒有這種經驗。沒有這種經驗的人，總是會說，我被甩了，我被劈腿了，我最可憐。

當然開口提分手或是劈腿的人，沒有資格說自己慘，只不過，我還真想說，那種罪惡感，那種自己背叛了自己承諾的感受，還真不好受。

只不過，有時候開口提分手，是到了非說不可的地步，寧願自己了結那種狀態，也不需要再拖泥帶水下去。

因此這種狠心，我覺得是必要的。

也因此，我常常會同情提出分手或是劈腿的那一方，因為事情，當然有可能是純粹花心，但是也有可能，是有內情的。

CHAPTER 26 ／ 結局

在電影院看了不到二十分鐘的劇情之後，我想，我已經猜到了結局。

回過頭看著我那老實的男朋友，卻還是一口爆米花、一口可樂，看得津津有味。

「走吧！」我一把拉起他，直接就走向戲院門口。

這真的很無趣。

我是Queeny。一般私立大學畢業，一般企業行政人員，領著普通的薪水。

我的生活並不會比別人來的特別，但我的直覺總是比別人敏銳。一部曲折離奇的電影，我可以在開場十分鐘後猜到結局，一本厚達五百頁的小說，我可以在中前段知道女主角最後情歸何處，就連網路上當紅小說家寫的長篇小說，我都可以在看過一、兩個故事之後，猜到結果。

也許這是一種天賦，但……也讓我感到無趣。

人世間看不透的事情越來越少，越多越多的是按照準則行事的創作。

包括我的男朋友阿肥。

「幹嘛看一半就不看了？」阿肥的嘴邊還沾著個爆米花。

「因為太無聊了……都猜到了……」我沒好氣的說著。

「真的喔！」阿肥又吸了口可樂。

總是這樣，他看不透大部分事情，而我，卻對這一切，都失去了新鮮感。

阿肥雖然也試著想要給我些驚喜的浪漫，但是，交往的這三年內，不是晚上講電話忽然出現在我家樓下，最多就是在我的辦公室裡面，多了隻大型的泰迪熊。

重點是，每次他要耍浪漫之前，我都有預感。

為了顧全他的面子，我大部分時候，都還是稍微假裝驚喜，以配合他的用心。

不過，最近我察覺，我累了。

「Queeny，後天……我開車去接妳好嗎？」

「嗯……」我意識到了。

當阿肥將時間副詞放在前面，當做開頭講話的時候，表示他要做些什麼了。再配合最近阿肥好友結婚，以及上禮拜與他爸媽吃飯時，聊到成家的話題，我心裡有數。

當天阿肥開著一台我沒見過的車，到我家門口接我。

而且他全身上下，穿著我這幾年逢年過節時送給他的衣服。

我心想：「天呀！可以不要這麼明顯嗎？這不是擺明了就是要告訴我，今天要向我求婚嗎？」

車子開到台北的近郊時，忽然阿肥把車靠到了路邊。

「唉唷，車子好像有問題，我看看……太晚了，我們先到那家旅館休息一下好了。」

好！照你劇本來吧，慢慢來！

旅館裡面的經理，一看就知道在和阿肥使眼色，我也不想拆穿。

經理帶我們兩個人，來到了一個非常有湖邊小屋風情的房間，想必是阿肥精挑細選過的。

「Queeny，妳看，剛好有那部妳一直想看的影片耶，『穿越時空的情書』，還是我們先看片好了……」

唉，電影裡的背景和房間的擺設風格一致！阿肥，也算是你用心了！

隨著電影的開始，我認真的看著帥哥的演出，不過，看到中半段，我確信，我又猜到了劇情……

但這裡不是電影院，我只好耐住性子，靜靜的陪阿肥看完……

影片播畢之後，阿肥遲遲不將燈打開，似乎在找些什麼。而我則是對於這個又臭又長的鋪陳，感到不耐煩了。

我起身打開了燈，看到阿肥還在尋找他包包裡面的東西。

「好了啦！你在找結婚戒指是嗎？」我確信我的口氣很不耐煩。

阿肥怔怔的看著我。

「和這部片子一樣……你的鋪陳，我都知道結局了……」

阿肥還是不說話，不過手裡，似乎已經握著某樣東西了。

「你要求婚是嗎？如果想不出有創意的梗來，你就直接開口呀！何必搞這麼多花樣？讓人一眼就看穿，會有驚喜嗎？」

我似乎壓抑不住自己了。

阿肥站了起來，走到我面前，把手中的戒盒放在桌上。

「……妳要驚喜嗎？我已經做了這麼多……我想說……我們不適合，今天……我們就分手吧！」

我傻了。

阿肥走向門口，準備離去時，隨手按了遙控器影片「再生」的按鈕——在『穿越時空的情書』電影之後，剪輯的是我們這三年來的照片。

「猜不猜得到結局……有那麼重要？我珍惜的……是和妳之間的過程。」阿肥離去前的最後一句話，迴盪在湖邊小屋風情的房間內。

後記

這篇文章，獻給看透H短篇小說結局的讀者們。

我在網路上的確是這麼說的。

事實上看得懂的人，當然也很清楚我說這故事的原因為何。

不過我得說明一下，我並沒有不爽或是生氣，對於有些人看我文章時候會說已經猜到結局的言語，我只是覺得無奈。

畢竟我說過，我寫的是女人的心情，而不是關於女人的猜謎。

如果是要寫謎語，我自認為可以寫出難度更高的謎題。有轉折只是要加強讀者的印象。重點在於內容本身，以及文章背後的用意。如果說猜不到結局就是好文章的話，那麼我還真認為自己寫得不夠好。

希望大家能夠了解。

CHAPTER 27 / 破壞

當妳知道自己是晚來的人時，妳會做什麼選擇？轉身逃走？還是破壞現狀？

我選擇破壞。

第一次見到 Peter 的時候，我心裡就下了這樣的決定。

我知道他們在一起三年了，今年決定要結婚。

也就是說，如果要得到他的話，就要快。每個女人都知道，要一個結了婚的男人輕易的提出離婚，難度是比與交往多年的女朋友提分手來得高太多、太多了。

於是，這兩個月來，我每天想盡辦法接近 Peter。

從一開始我的假裝矜持，到我故意在他身邊掉了滿地的東西，刻意將東西拿錯，以致於產生第二次的見面。從第二次我不小心喝醉酒讓他送我回家，到我刻意找出機會與他們公司合作。

見面的機會多了，我也進而知道了 Peter 的喜好。

我故意從家裡搬出來，在他公司附近租了一間套房，當然我還需要一個戲劇性的轉折，於是在某天他下班的時候，我刻意在他公司附近等著，製造出偶遇的假象。

而他，如我預期的順道上來我的小套房坐了一下。

有時候，需要一點運氣。

例如，當天恰巧下起了大雨。我當然要掌握這樣的機會，拿出了我預備的紅酒，和 Peter 開心的喝著、聊著。

在雨水和酒精的催化下，我達成了我第一階段的計畫。

不過隨著身體間距離的縮短，對於Peter的個性，我也越來越能掌握。謹慎又保守的他，不太可能在結婚前輕易的提分手，而選擇我這個僅交往幾個月的情人。

但是我的時間不多。

我必須要更快速的破壞掉他們的感情。

在星期五的某一晚，我將Peter拖在我的套房，極盡挑逗的施展女人的媚力，雖然那一向不是我擅長的。

「妳知道嗎？我最喜歡妳的長髮在我身上滑過的感覺，非常性感……」

我不想搭腔，因為我知道他的未婚妻Nana也是長頭髮。

「所以……你要和她提分手了嗎？」我的手輕輕的撫摸著他的胸膛。

Peter的眼神不敢與我接觸，站起來將他身上衣物一一的穿上。

「再一陣子吧……再一陣子，我就會提……」

我知道再不了多久他們就要結婚了，而他的答案顯然是緩兵之計。

我的思緒一下子將我的計劃表，挪往下一個步驟。

如果 Peter 不主動提分手，那麼我的計畫就是要讓他的另一半發現我的存在，讓女生提分手。

我偷偷的在 Peter 襯衫衣擺的下方，噴上了我慣用的香水，因為這樣紮在褲子裡面時，味道不會容易聞到，但是只要脫掉時，就會聞到濃濃的香水味。

並且在他要離去前，我貼身迎了上去。

「要記得你說的話唷，回去記得和你的 Nana 提分手……」我塗滿口紅的嘴唇在 Peter 衣領正後方留下了清晰可見的印記，而那是男人自己最不容易看見的地方。

Peter 要笑不笑的敷衍著我離開了套房。

而我，則是樂觀其成的等著好消息的到來。

兩天後的一個下午，我接到了一通電話。

「Kay，妳記得兩個月前我們聊過的話題嗎？」

「什麼？」我裝著傻。

「我說只要我未婚夫被我逮到他外面有別的女人，我就考慮和妳在一起。」

「……我記得……所以呢……」我繼續裝傻。

「Peter 真的有女人，我們……昨天分手了。」Nana 的聲音有點哽咽了。

「別難過，我過去陪妳……」掛上手機後，我順手將我戴了兩個月的長假髮拿下，嘴角微微笑著。

後記

生活中總是會遇到性向不同的朋友。

說起來同性戀者給人的印象也會比較深。

對我而言，並沒有什麼不同。只不過，客觀的比較起來，我總覺得女同志的個性比較強烈些。

也因此會有這篇故事產生。

就表面上來看，女同志對女性的愛，似乎比一般男人還來得強烈。為了先天上不是男性的外表，而必須要以更像男性的表現方式，來展現自己的性向。

我雖然了解，但是不太能接受。

總覺得太極端的表現，不會是真實的自己，真正的男性，也不見得一定要不停的逞兇鬥狠。

不過，也許這只是我個人刻版印象。

CHAPTER

28 ／ 我不是第三者

第一次與 Phil 見面時，他正優雅的一手拿著刀，一手倒著白色的鹽巴粉末灑在牛排上。

稱不上什麼深刻的第一印象，只不過認為他吃東西的口味比較重倒是真的。

這樣的朋友聚會，這樣的一個陌生人，一點都不奇特，卻沒想到在三個小時後，完全改變了我的人生。

從汐止到基隆的順路旅途，成為了朋友聚會後，我們兩人單獨接觸的理由。

我不能否認，那幾個夜晚，我是孤單的，只因為離開了那個人。

沒想到就在到了汐止我家門口後，他的車拋錨了。

Phil 貼心的要我上樓，但我進屋後卻看到雨滴大顆大顆地落下。

在房內看著窗外大雨下了十分鐘後，我不安的拿著雨傘又再度下了樓。果然，Phil 還在雨中與他的老爺車奮戰著，我悄悄的拿著雨傘靠近了他，Phill 回頭仰望看著我，笑了。

從此以後，我們開始了約會。

Phil 對我很好，體貼又無微不至。但我也懷疑，以他的年紀、他的條件，不應該還沒結婚。

加上我剛被那個人傷過。那段我自以為名正言順，到最後才發現自己是介入者的不堪過去。

因此我暗自決定要多重確認。

我記得那一天，我們約在中式餐廳裡用餐，我依然看到 Phil 倒了白色鹽巴在他的高麗菜上面，緩緩的回答著我的問題。

「妳不是第三者，永遠都不是……」

我很想相信，但疑惑不會消失。

因為每每晚餐用畢後的九點一刻左右，Phil總是會假借上廁所，或是到餐廳外，或是到樓梯間打著電話。

某一次我聽得很清楚，他是這麼說的。

「寶貝，我愛妳！我們一定會永遠在一起，不會分離……」

那種口吻，我太熟悉了，和那段傷透我心的過去一樣，那個人，對他老婆說話的口吻，如出一轍。

十點過後我會和Phil到旅館休息，但我知道，十二點以前，他一定會離開，就算是我還躺在旅館的床上，他也會自己悄然先行離開。

這一切，都太明顯了。

但我不知道為何，Phil的那句：「妳不是第三者，永遠都不是。」竟然讓我深信不疑。

只不過我的愛意與日俱增的同時，我的疑惑更是一層層的包裹住了真相。

那一晚，照例吃完了飯，去完了旅館，在我假裝睡著之後，Phil 留了紙條之後，離開了房間，我隨後下了樓，開著車跟蹤在其後。

他從來不讓我知道他基隆家的正確地址，不過我想就算只能跟到他家外面，知道了地址後，我也一定可以查出些蛛絲馬跡來。

因為，我再也不想當第三者了。

晚上十一點五十分。

奇特的是 Phil 急忙的停了車，門也沒鎖趕緊衝進家裡。而我，也因此可以輕易的偷偷尾隨他進入他家。

只不過，走到了客廳，我就已經聽到 Phil 在主臥房內的聲音。

「親愛的，對不起，我沒有晚歸喔，我答應妳十二點以前，就是十二點以前回到家。」

我的心，徹底的涼了。

當我一回頭，看見了桌上的許多鹽巴瓶，我想起第一次見到他的印象，就是他那重口味的飲食習慣，但今天，可能是最後一晚了，我的眼淚，緩緩的流了下來。

但，眼淚，在下一秒，凝結。

眼光跟隨著鹽巴瓶口上的白色粉末往上走，我看到了一個粉色的骨灰罈，以及寫著《愛妻〇〇〇》的神主牌位。

上面的死亡日期是去年九月。

我看著那一瓶瓶的白色粉末及這一切，心中恍然大悟，全身卻顫抖得無法克制，強忍心中驚愕，我緩緩的走進了 Phil 的房內。

只看到他跪在床邊，對著空盪的床位說話。雖然，那是一張雙人床……

「老婆，我愛妳！我們會永遠在一起……」

聽著 Phil 的聲音，我也終於了解……我不是第三者，永遠都不是……

後記

常常文章寫多了，會對一些詞語產生一種鑽牛角尖的迷思。

諸如，第三者，到底定義為何。

上一本書說過，如果兩人之間都覺得彼此是最重要的人，那麼這時候試圖闖進兩人之間的人，都算是第三者。

不過，如果這兩人之間，有一人不是人的話，這定義還算成立嗎？

這篇文章就是在我這樣自問自答的過程當中，悄悄地產生了。

如果以這樣的定義看來，那個不成立的第三者，其實心情比起當第三者還要來得難過，因為他面對的對手，是一個可能永遠都無法捉摸的對象。

只不過，如果以我的角度來看，或是以現實情況來看的話，女方的確不是第三者，這段感情，其實是可以繼續下去的。

反正妳的對手不存在，不是嗎？

CHAPTER 29

／我恨第三者

從韓國留學回來後，我決心開始我的新生活。

於是我沒有再連絡出國前的朋友，隻身來到台北生活。

在工作的地點，Hank 對我展開了追求。

我很難抵抗，因為 Hank 真的是我喜歡的型。

於是我很快的，和他發生了關係。

「Sammi，妳太棒了，和妳做愛的感覺實在是太……契合了……」

女人被誇獎床上功夫佳，似乎不是什麼好事情，只不過，因為他是 Hank，我寧願將這種話，當作褒獎。

「你和多少女人做過呢？」我反問他。

「不重要，妳才是最重要的……」面對這種問題，Hank 總是繼續用他的身體語言，堵住我的嘴。

發生關係後不到一個禮拜，我就知道他原本就有在交往的女朋友了。在旅館內，他在淋浴時，一通未接的來電，讓我偷偷的看到了他女朋友的名字。

她叫做 Betty。

而我，也主動的說明了我的立場。

「Hank，誰是 Betty？」

「………」Hank 似乎不打算說明。

「沒關係的，我只是喜歡和你在一起，至於你要和誰交往，我不會管！」我說。

「Sammi，妳真是……太完美的女人了……」看 Hank 的表情，簡直快要把我當作女神般膜拜了。

往後的一個月內，Hank越來越喜歡和我做愛，喜歡和我一起，而隨著和我一起的時間越長，那位Betty小姐似乎也越來越受不了。

某一天，我和Hank從旅館門口出來後，一個女人正站在外面。

我知道那就是Betty。

女人看到我們走出後，立刻走上前給了我一個巴掌。

「賤女人！」Betty看起來十分氣憤。

Hank立刻一把將Betty抓住，推到一旁。

「Betty，妳做什麼妳……」Hank的力氣不小。

「Hank王，沒想到你是狗改不了吃屎，當年你背著Jenny，劈腿和我在一起，後來甩了她，現在……妳為了這女人，要甩我嗎？」

Hank似乎不願意我聽見他的過去，立刻更大聲的吼著Betty。

「不要亂講話，我們之間已經結束了，妳馬上走……」

Betty 的眼神看著我，似乎是對我說：「別得意，妳早晚會和我一樣！」

我柔弱的問著 Hank。

「她說的是真的嗎?所以，你之後也會劈腿，然後再把我甩掉嗎?」

Hank 的眼神霎時變得溫柔了起來。

「Sammi，別想太多了，當年我和 Jenny 是已經走到盡頭，我才和 Betty 在一起，我不會對不起妳的……」

我不願意去判斷，我是否該相信 Hank，但是三個月之後，Hank 向我求了婚，我們也順利的步入了禮堂。

我想，這場女人間的戰爭，最終，還是由我獲得了勝利。

遠在美國的母親，在我結婚之後，才有機會來到台北，與 Hank 見面。

於是我和 Hank 開著車一同去機場接她。

母親一見到我就大叫。

「妳真的變的太多了啦……Jenny！」我這時才了解，我在韓國下了功夫所做的改變，還是逃不過母親的眼睛。

而一旁的 Hank 則是已經張口結舌的看著我們母女，驚訝到半句話都說不出來。

後記

從哪裡跌倒，就從哪裡爬起來，這是我寫這篇文章的時候，第一個念頭。

我假設，如果我是個個性強烈的女人，我的戀情被第三者介入，我會用什麼樣的方法報復，或者說競爭。

結論是，我希望第三者，也能嚐嚐被第三者介入的滋味。

如此，產生了這篇故事的開頭。

至於故事結尾，我也會自己去想像，諸如既然已經結婚，而且女方又已經變得漂亮，對於男方來說，何不就把她當作另外一個人，好好的交往下去，這樣的話對自己而言，這個對象不但是最熟悉的人，另外一方面，也存在著新鮮的元素，其實，一舉兩得，何樂而不為呢？

CHAPTER 30 ／ 椅子上的字

回到故鄉的心情是好的。

當我隔了將近十年的時間再度回到基隆後，眼界所及的除了熟悉的景物之外，還帶著點些許的陌生。

基隆港邊的一堆新商家，讓我有了些驚喜。咖啡廳、速食店、服飾店，這一切的變化在我離開基隆的時候，是沒有的。奇妙的是，這些陌生當中，卻又帶著那麼點熟悉。

我是Sasa。自從高中畢業離開基隆後，家裡也跟著搬離，也因此，我已經有十年沒有回到這裡了。

「Sasa，帶我去哪裡走走？」說話的人是我的同事Mars，我們一起出差。

Mars一直在追求我，人也不差，但我也不知道，我就是沒有辦法接受他。

應該說，自從高中畢業之後，我就不再交男朋友了。

「跟著我走吧！」我帶著Mars吃完了廟口後，坐著計程車來到了我最懷念的地方。

我的高中。

「這裡就是妳一直念念不忘的母校嗎？」Mars看來非常好奇，因為他知道，想要追求到我，重點就是解開我高中時期的心結。

我們兩人在校園裡走著，許多的回憶，都一一浮現在我腦海。

我領著Mars走進了某間教室，我在一個特定的座位上坐了下來，而Mars也隨意找了個位子坐下。

「……我坐這邊有什麼問題嗎？」Mars看著略帶驚訝表情的我。

「沒事……這裡……就是我以前上課的教室……」我並不想說明Mars坐的地

方就是高中時阿文的座位。

「以前，這裡就是我的位子……」我拍著我的桌椅。

Mars 看著我，像是看著個小孩子。

「可以告訴我，在這個地方，發生過什麼事情嗎？」

從我的位子看向 Mars 的位子，這角度，多麼的令我懷念，所有的記憶，都回到了眼前。

高中的時候，我和阿文是班對。

但是為了不讓別人知道，因此我們並沒有公開，於是我們最常做的事情，就是將想要對對方說的話，刻在自己的椅子上，我們會在全班下課後，或是在早晨上課前，進到教室看對方的椅子上刻的文字。

即使過了這麼多年，我還可以看到，我椅子上那密密麻麻的字。

那些都是寫給阿文看的。

當然，阿文的椅子上也是。

我們偷偷的約會、偷偷的接吻、偷偷的默許終生、偷偷的嘗禁果。

我和阿文說過，我最大的願望就是和阿文開間港邊的咖啡店，調配一杯拿鐵給阿文喝，因為那個時代的我們，根本不知道拿鐵的滋味，只知道，那是一種飲料。

不過，阿文的成績不好，高中畢業那年，我考上了成功大學，必須到台南就學，而我的家裡，也因為父親的工作，準備搬往台中。

我最後刻在椅子上的字是：「和我一起去台南吧！」

但是過了幾天後，我在阿文的位子上看到的回答是：「我不和妳去了！」

坦白講，我不能接受，我們編織了那麼多的夢想，卻因為距離，就這樣結束了。

兩天後，我往台南報到，然而我和阿文，卻再也沒有見過面了。

「啪！」忽然 Mars 坐的椅子整個垮掉，Mars 一屁股坐在了地上。

「哇，好痛呀……果然是有年份的椅子了……」

我不好意思笑他，一邊將他扶起，一邊將椅子的碎片挪到一旁。

「……ㄟ，Sasa，椅子的下面還有字耶……」眼尖的 Mars 發現到不止椅子朝上的木板刻著字，就連椅子木板的背面，也刻著一行字。

「我留在基隆實現妳的願望，等妳回來。」我看著阿文刻的字，才了解這個笨蛋，因為正面刻不完，因此將後續的話刻在背後。

「我不和妳去了，我留在基隆實現妳的願望，等妳回來。」這才是全文。

「什麼意思呀……」Mars 傻傻的看著我問。

我恍然大悟的丟開了手上的木板，不理會 Mars 自顧自的跑出了教室，離開這所我畢業的高中。

我一直都誤會了。

我搭著車一路回到了剛才下車的基隆港口，四處尋找張望著。我忽然能夠了解，剛才到基隆時那種陌生裡又帶點熟悉的感覺是什麼……

沒多久之後，我看到了。
那是間小小的咖啡廳，面對著基隆港，掛著塊招牌寫著『莎文主義』。
我的心裡霎時間跳動得很快，很快。
我推開了咖啡廳的門，慢慢地走了進去，一個留著小鬍子的男人，正站在櫃檯後方整理著咖啡機。
推開咖啡廳的門所引起的風鈴聲，提醒了男人顧客登門，於是他本能的抬頭喊著「歡迎光臨」。
就在那一瞬間，男人看到我的臉，表情似乎凝結了，眼眶似乎紅了。
看著這張熟悉的臉，我的眼淚先出來打了聲招呼，話，卻怎麼也說不出口……
對望了十來秒後，阿文終於開口：
「來杯拿鐵吧……」

後記

寫文章最大的樂趣在於，創造出現實生活中沒有的感動。

不能說沒有，應該說罕有。

對於現實時空中，男女之間所做的體貼動作，比如說，生日禮物的驚喜呀，求婚的激情呀，這類感動，我總覺得太短暫。

長時間的時空後，所營造出來的真情，才特別令人感到雋永。

只不過人都只能處在當下，無法跳躍時空去看到之後的諾言是否實現，無法去看到海枯石爛的時候，伊人是否猶在。

因此小說的存在，變得異常重要。

這是讓人相信會有天長地久的一種史籍，希望大家熟讀。

尤其是作者署名為H的。

CHAPTER

31 ／ 小偷教我的愛情

我記得麻醉消退後，張開眼看到的第一幕，就是小志在與護士哈啦。

「沒有啦，我只是在關心妳手術過後的情況，哪是在搭訕呀！」小志吊兒郎當的邊說邊笑著。

雖然說是個切除腫瘤的一般手術，但也算是攸關乎生命危險，我實在有點無法接受小志，在我手術之後所表現出來的輕浮模樣。

「妳看！妳沒事呀，我就說過妳一定沒事，看其他人緊張的樣子，真是！」

「你頭上幹嘛貼著藥膏？」我注意到了小志的額頭上，貼著塊小藥膏。

「沒有啦……沒事沒事！」小志一副不想談的樣子，引起了我的懷疑。

「啊，你跑去喝酒對吧？」我像是想起什麼似的，指著他開始罵。

「你上次去喝酒，就是這樣，醉得不知道回家的路，還跌倒撞得滿臉傷……現在連我在開刀，你都……」我氣得，有點說不下去了。

這是我的男朋友，小志。

一個三十幾歲的男人，卻像是個小孩一樣，整天講話輕浮，講好聽一點是樂天知命，講難聽點，是不知道自己想要的生活為何。

小志家經營著一間小旅館，不是那種大的商業旅館，而是巷子內的小旅館，大門一進去，右邊是櫃檯，左邊擺著個他們家祖傳下來祭拜的神明桌。

我常說，要不是他們家裡還有做點小生意，以小志這樣的個性，早就窮途潦倒了。

小志家人倒是對他很有信心，常常對我說小志充滿潛力，未來很有前途。

坦白講，我看不出來，一年年過去，一天天看著他的生活，反倒是讓我想要分手的心意，越來越強烈了。

手術醒來後再看到小志，我的心，真的有點放棄了。

一個禮拜過去，我出了院，在出院當天，我竟然沒有看到我的男朋友來接我，我想，可能又是和哪一群狐朋狗友出去糜爛了。

回到家的我，按耐不住心中的失望，換了簡單的衣服後，我直接往他家經營的旅社走去。

我知道，我想要分手。

推了門進去，卻發現兩名警察正在和小志爸媽交談。

「小惠，妳出院了喔？」小志媽媽親切的問著我。

「嗯……」我的確在生小志的氣，但對於長輩，又不方便多說。不過小志媽這時倒是做出了解釋。

「唉唷，本來小志也是要去接妳的，沒想到昨天晚上，旅館遭了小偷，小志被他打傷了，送到醫院去，小偷也跑走了……」

「小志還好吧？」我驚，也才知道了原因。

「沒事沒事，應該晚一點就可以回來了……」

雖然如此，我心中還是沒有忘記我此次前來的用意。

警察問著小志爸。

「櫃檯這邊，應該有監視器吧？可以看一下畫面嗎？也許看得清小偷長相……」

「有有！」小志爸立刻將監視器的帶子，往前倒轉了好一會。

櫃台上的小電視，一下子出現了影像，而我，腦子裡雖然還想著小志的壞，很本能的也抬頭看了看螢幕。

螢幕畫面出現的，卻是小志一個人遠遠的面對著櫃檯前方的祖傳神桌，喃喃自語的說著話。警察看了看畫面上的時間，發現是一個禮拜前的晚上。

「老闆，倒帶太多了啦，這已經一個禮拜前了……」警察皺著眉說。

「喔喔……」小志爸正打算將帶子往前轉的時候，卻被我打斷了。

「伯父，等等……」我看到了些畫面。

因為這時，我看到畫面中的小志面對神桌緩緩的跪了下來，不一會兒，忽然開始用力的磕起頭來。

小志他，不停地……磕著頭……

隨後，小志邊跪、邊爬的往前挪一小步，接著繼續用力的磕頭，不停地磕著……

就這樣重複相同的動作一直到他跪至神桌面前。

我看傻了，也看懂了些什麼。

因為一個禮拜前，就是我開刀的前一天晚上。

我想起了他額頭上的藥膏，而我的眼淚和笑容，一併湧現了出來……

同時我也想起了，最初他吸引我的地方……

含著眼淚，我問小志媽：

「小志在哪家醫院？我要去接他……」

後記

有些人的感情，真的不是掛在嘴邊的。

我特別喜歡這樣的人。

就像是「還沒聽見我愛妳」的大寶，以及這個故事裡面的小志。

其中比較不同的是，大寶總是用木訥取代一切，而小志則是用嘻皮笑臉帶過。

這樣的人，如果不小心讓妳看到了他的真心，妳就會覺得異常的珍貴。

事實上，在雄性的競爭當中，這類人是絕對吃虧的。

當一群男男女女出遊時，會被注意的一定是最帥的，再接下來就是最會講話或是最幽默的，再接下來，就是……隨便哪一個都可以……

就看誰比較體貼了……

也因此體貼的人，不會邀功的人，不管在職場上或是情場上，都特別吃虧，這是我寫這種文章的用意。看男人，要從很多方面去看……

CHAPTER 32 ／ 夫妻臉

要登機前往韓國之前，還是收到了一則簡訊。

母親從三天前不停的勸阻以及反對電話，讓我在這時拒絕接受任何聯繫。

而這一切的演變，都只因為 Bryant 在聚會上，所提到的理想伴侶論。

「我喜歡，有夫妻臉的另一半……」Bryant 如是說。

「如果我認為我們有夫妻臉，我會主動追求她……」Bryant 如是說。

進公司不到一個月的我，早就對 Bryant 心動不已，這下子聽到他這麼說，我更是按耐不住我的衝動。

於是我提了辭呈，打破小豬撲滿，準備到韓國做個簡單的整形手術。至少，要

讓我在神韻上，看起來很像 Bryant。

拿著 Bryant 照片給韓國醫生看的時候，我相信醫生的臉上是訝異的。應該很少人是拿異性的照片要做整形手術，不過我想「夫妻臉」這種事情，搞不好韓國人的體會沒有我們來得深。

兩個月過後，手術成功，我回到了台灣。

為了不讓從前的同事們覺得我為了 Bryant 去做這樣的事情，我決定暫時先用假名字、假地址、假電話，等到 Bryant 真的決定和我在一起時，我再告訴他真相，我想，到那時候，他應該會感動我的用心良苦，而加倍愛我吧。

於是我順利的用了新名字，重新回到了公司上班。

公司在我離開的這兩個月內，人事也有了小小的變化，除了我職離以外，另外幾個女同事也離職，而增加了幾個新的女同事。

為了幫我迎新，公司同事照例又辦了聚餐。

酒過三巡之後，有些男同事終於又聊到了這個話題。

「Sally，妳的五官，看起來和 Bryant 好像喔！」Sally 是我的新名字，而我心中偷偷竊笑著。

這時另外一個女同事走過來看了看說。

「還好吧，我們都覺得 Zoe 和 Bryant 比較有夫妻臉耶！」這話，一下子打中了我的死穴。

當天聊到這話題時，Bryant 看起來並不怎麼高興，也許是酒喝多了，他的興致不高，也就沒有針對這話題繼續談下去。

但我心中可是充滿了疙瘩。

我花了時間和金錢，跑到韓國去，要的可不是這樣的結果。

於是我開始接近那位 Zoe。

沒多久我發現，Zoe 的皮膚是過敏性膚質，只要有動物毛髮，她的臉就會紅腫。

「這太容易了……」我心想。

我刻意在公司裡面養了一隻小狗。甚至送了幾隻小狗給週遭的女同事，如此一來，沒多久，Zoe 的臉色越來越差，過了一陣子之後，再也沒有人會提出任何讚美她五官的話語了。

我的心裡很得意。

不過，這並沒有縮減我和 Bryant 之間的距離。

感覺上 Bryant 有著憂慮，似乎對感情沒有興趣。

某一次聚會裡，我終於逮到了與 Bryant 獨處的機會。拿著紅酒杯，我試圖引誘他說出他以前曾經說過的話。

「Bryant，你……喜歡怎麼樣的女孩子呢？」

Byant 看著我，笑了笑。

「我喜歡，有夫妻臉的另一半……」Bryant 如是說。

「如果我認為我們有夫妻臉，我會主動追求她……」Bryant如是說。

很好，這和當初說的一樣。

我藉著幾分酒意，大膽的問。

「是喔……大家都說……我和你長得有點像耶！」

Bryant看著我，苦笑。

「妳？不像……」Bryant搖晃著自己手上的酒杯。

「我認為和我最有夫妻臉的人，已經離職了……我曾試圖找她，但……她不理我……」

我的心裡，陡然一震。

隨便找了個藉口，我離開了聚會，匆忙趕回家中，找出那支我出國前用的手機以及Sim卡。

我叫出了那則登機前我沒有讀取的簡訊。

「我覺得……妳和我有些許的夫妻臉，能試著交往看看嗎？我是Bryant。」

我傻住了。

後記

這篇故事說的是——自信。

很多女人自信過了頭，很多女人卻缺乏自信。

很多女人把男人看得很膚淺，總認為對男人而言，外表和身材一定是最重要的事情。

事實上，的確如此。

只不過，在男人一天當中不停的以下半身思考的同時，他也是會有大約一小段時間是用腦筋思考事情。

更有可能會有一小段時間是用心感受問題。

只不過，那段時間不長就是了。

但，當妳在這段時間與男人認識時，就應該好好的品味他話中的涵意。

就像是，喜歡夫妻臉這件事情，真的是指長得很像嗎……

CHAPTER 33 ／ 運將

剛接受完電台的訪問，才說了愛情就像等計程車一般的理論，出了電台，我卻搶不到半輛計程車。

真的，我有點佩服自己。因為，說得真好。

女人談戀愛，就像是等計程車一樣，有時候外觀漂亮的計程車經過，妳想招手，卻發現車上有人了。外觀不乾淨，或是車種比較差的，妳卻只想當做沒看見，就讓它空車過去了。不過有時候，時間到了、真的急了，車一來，通常就上去了。

當然我告訴大家的觀念是——永遠都有下一輛車，所以真的別急。

講雖講，不過我自己倒是有點急。

我是Joan，年過三十。十年前出道發行了唱片後，維持了偶像的地位好幾年，也讓我成為了名人，只不過，兩、三年前開始，我的演藝事業已經隨著我的年紀增加而走了下坡。

這次會上電台訪問，也是因為主題是「年過三十的女藝人，該如何追尋真愛」，我的名字，才會再度被提及。

這十年來，為了維持我的偶像地位，我一直沒有交男朋友。當然，另外一個原因，也是因為當初我要出道時的男友，狠心拋棄我，而讓我從此埋首工作。

在一輛大型客運駛離之後，我終於看到烏煙之中有了輛車齡不小，外觀不佳的計程車停靠路邊，而乘客正要下車。

這真的是時間到了，我顧不得車子的外觀，趕緊上了車。

「司機先生，麻煩到華視……」

我看見司機從後照鏡一直盯著我看，不過身為公眾人物，我也習慣了，而我也知道等等他就會開口和我說話。

車子行駛了一段時間後，很意外的，司機依舊是透過後照鏡看著我，但是竟然一句話也沒有說。

我被看得煩了，索性將眼光移開，不想再看到後照鏡內的那雙眼睛，於是我環顧車內，看看是否有什麼有趣的東西。

很快的我看到了椅背上的駕駛人身分。

「張，天，擎」我唸完後，忍不住笑了出來，怎麼和那個拋棄我的男人名字一樣。我再仔細的看了看照片，我的笑容頓時消失了。

天呀！根本就是他，那個十年前將我甩掉的男人。

這時候他似乎也發現我知道他的身份了，後照鏡內的眼神，很快的從我身上移開，而車內的氣氛頓時尷尬了起來。

不知怎麼地，我的脾氣，漸漸地不受控想要發飆起來。

「張先生，裝不認識呀？」我盯著他看。

他依舊開著車，似乎沒有打算說話的樣子。

「……裝沉默？看起來，你混得不怎麼樣……開起計程車了？」我想起當初他不說一句話，離開我的時候，我一邊要面對媒體假裝堅強，一邊又要壓抑悲傷，我講話的口氣，不自覺得越來越差。

他依舊看著前方開著車，沉默不語。

「你沒想到我後來這麼紅吧？你後悔了吧？結果你看你，現在竟然在開計程車……」我有種抒發怨氣的口氣。

「你覺得很後悔吧？你可以想辦法把我追求回來呀！不過我不見得會理你就是了……」我越說越爽，但同時也越說越氣，還沒到達目的地，我已經不想搭乘了。

「靠邊停，我要下車……」他二話不說停靠在路邊，而我隨手丟了幾百塊在他車上。

關上車門後，我迅速的搭上了路旁的另外一輛計程車，準備前往華視。

司機一見我就說話了。

「妳是 Joan 小姐吧？我們都好喜歡聽妳的歌喔……」

我脾氣未消，索性否認。

「不是，你認錯人了……」

司機自討沒趣，這時他的無線電響起，司機拿起無線電大聲的說起話來：

「通話，通話……好天Ａ（台語）我載到一個客人，長得好像你以前女友 Joan 喔……」

我一聽，耳朵都豎起來了。

無線電那頭傳來像是張天擎的聲音。

「收到，賣亂講啦（台語）……我剛才還真的有載到勒……」

「啊！你沒有和她說，當初時（台語），你是因為要讓她當偶像，才故意騙她，和她分手喔？」

「……ㄟ……講那個幹嘛？我看到她過得好，我就爽了啦（台語）……」

「了解……」

司機像是想到什麼了似的，回頭看我。

「啊！對了，我們是要去哪裡呀？」

我一手擦著眼眶的淚，一邊說。

「……可以載我去找好天A（台語）嗎？」

註：好天A（台語）＝晴天，好天氣

後記

我常搭計程車。

對於計程車司機的種類，真的可以用五花八門來形容。

包括日本的、內地的、泛藍的、泛綠的。

不過我常常會觀察他們的車上物品，或是私人東西。因為那會透露出他們的家庭關係。包括了他們的對講機，常常會從裡面聽到很有趣的事情。印象中有一次，我和一群朋友分別搭了兩輛計程車，結果一路上就藉由對講機，我和我朋友聊了起來。很特別的經驗。

也很想藉此說明小說創作的無界限。也許計程車司機不在讀者們的生活領域中，但是不能否定的是，這樣生活型態的人，的確存在大多數，而這樣生活型態的角色，也有權利成為小說裡的主角。

不是嗎？

CHAPTER 34

／一見鍾情

星期六的午後，女兒將她那明年要上國中的青春期寶貝Vivi，交給了我照顧。

看著這麼大的孫女，看著老公在年輕時期打拼所買下的房子，我有時候覺得，活了這六十幾年，算值得了。

雖然我知道，內心深處的某個角落，我沒有得到安慰。

「外婆，我們班上，現在有人在談戀愛耶……」孫女天真的問話，總是可以讓我樂不可支許久。

「真的喔，那妳有嗎？」

「我？沒有……外婆，那妳知道什麼是一見鍾情的感覺嗎？」

我笑了。

「一見鍾情就是說，妳一看到某個人，就覺得很喜歡他，就覺得想要和他在一起很久很久呀……」

「喔……外婆，那妳有過嗎？」

看著Vivi天真無邪的臉，我不保留的告訴她我年輕時的那段感受。

「有呀……大概是我十八、九歲的時候。我在咖啡廳打工，那時候有一對情侶，男的姓林，女的我不知道姓什麼，總是會約在我們店裡見面。可是呢，女孩子總是會遲到十幾、二十分鐘。於是。林先生就會獨自一個人先坐在靠窗的位子上，點上一杯巧克力牛奶……ㄟ……因為林先生根本不喝咖啡，會約在咖啡廳都是因為女孩子的關係，所以，林先生總是點一杯巧克力牛奶給自己。

第一次見到他，我就喜歡他了。他的氣質出眾、態度溫和，不像其他客人聲音很大，於是我主動的去招呼他，也慢慢的對他有了認識……

原來他是中文系畢業的學生，在報社工作，也因此讓我知道了，他們約在這個咖啡廳的原因。

藉著每次他們約會前，女生遲到的空檔，我都會和林先生聊天。每一次，總是讓我心頭小鹿亂撞，即使是當天只說了兩、三句話，也都能夠讓我雀躍不已，但我知道，他是有女朋友的人……

就這樣過了幾個月後，有一次我發現，林先生和他女朋友在窗邊的位子上，吵起架來了，女孩子甚至打了林先生一巴掌，然後氣得離開了店裡。

在那之後的幾次，我都看到林先生自己坐在窗邊的位子，空等了一、兩個小時後，才悻然的離去……

我推測，他們已經分手了，雖然我不知道他們分手的原因為何，但是，看著林先生每次落寞的神情，我卻不好意思開口。

最後，我告訴自己，我決定給自己一次機會，我要告訴他，我的感覺，我對他一見鍾情的感受……

那天，林先生依舊是一個人坐在窗邊的位子上，我站在櫃檯看了許久，終於，我鼓起勇氣，走了過去。然而，就在我靠近他的身邊時，我看到了他放在座位上的一束花……我知道，他應該是約了人，於是，我原本打算說出口的告白，就這樣硬生生的又吞了下去……就在那天，另外一個常常來光顧店裡的老客人，對我告白了，就是妳外公，而在這混亂的節骨眼上，等到我又想起林先生的事情時，那個窗邊座位上的人及花，都消失了……」

我說完之後，看著 Vivi 皺著眉頭，想必她是無法了解我說的故事。

豈料，她卻說。

「……外婆，是不是一見鍾情的故事，都是長這樣的呀？」

我露出疑惑的表情，表示不懂她的意思。

Vivi 一手從桌下拿出了昨天的報紙藝文版，裡面斗大的標題記載著名小說家過世的新聞。Vivi 接著說：

「這位爺爺的自傳裡面，也有提到一見鍾情這種事情耶……」

我隨手接過了 Vivi 的報紙。那裡面的確有一篇關於名小說家自傳的段落……

「關於一見鍾情，我曾經有過……大概是我二十四、五歲的時候。那時候我常去一家咖啡廳，和我當時的女友約會。店裡面，有位非常溫柔可愛的女服務生，如果我沒記錯的話，她應該是叫做小如。當時我的女友總是會遲到十幾二十分鐘，於是，我便會獨自一個人先坐在靠窗的位子上，點一杯巧克力牛奶……ㄟ……因為我根本不喝咖啡，會約在咖啡廳都是因為女朋友的關係，所以，我總是點一杯巧克力牛奶給自己。

第一次見到小如，我就喜歡上她了。她的氣質出眾、態度溫和，不像一般服務生態度不佳，她總是主動的招呼我，也讓我慢慢的對她有了了解……

原來她的家境不太好，因此無法繼續升學，便提早出來社會工作。

藉著每次我約會前，女朋友遲到的空檔，我就有時間和小如聊天，每一次，總是讓我心裡的某種腺素激增，即使是當天只說了兩、三句話，也都能夠讓我高興一整天，但我知道，當時，我是有女朋友的人……

就這樣過了幾個月後，有一次終於我發現，當時的女朋友總是會遲到的原因……原來，在和我見面之前，她都與另外一個男人約會。於是，我們在窗邊的位子上，吵起架來了，女孩子甚至打了我一巴掌，然後氣得離開了店裡。

雖然被劈腿而分手是難過的，但我心裡卻竊喜著。因為，我知道我可以更坦然面對，我對於小如的感情。

於是，在那之後，我好幾次自己一個人進去咖啡廳，坐在窗邊的位子，等待一、兩個小時，希望小如多來和我說說話，只不過，不知道是因為知道我分手還是怎樣，她對我說的話越來越少，總讓我悻然的離去……

最後，我告訴自己，我決定給自己一次機會，我要告訴她，我的感受，我對她一見鍾情的感受。

那天，我依舊是一個人坐在窗邊的位子上，我看到她站在櫃檯，終於，小如走了過來，然而，就在小如第一次走近我時，我的話……卻因為緊張，硬生生的吞了下去。我打算，等到她再次走過來時，我就要拿出那束我準備好的花送給她。只不過，小如，再也沒有走過來了。而當時我看到，一名老客人，正開心的和她聊著天，我這才體會到，我不過只是她眾多客人中的一位。」

我看著文章旁的照片，眼眶，不自覺得濕潤……

「林先生……」

感覺，是複雜的，但我知道，我的心裡，帶著一絲高興與滿足……

後記

在此想要解釋一下，劇情、文體與架構的差異。

有些人一看到這篇文章，就開始說雷同，開始說抄襲。

我不太懂。

因為這篇文章，是我想了好幾個禮拜才出現在我腦海中的。從一開始，我就很想利用這種架構來寫出一篇短文。

而這種架構，的確在痞子蔡的「7-11之戀」中，有使用過。

但，這一點都不奇怪。

重點在於講出來的故事是否相同，閱讀完的感受是否有差異。

每個人年紀大了之後，總是會有一、兩件事情無法得到解答。我就希望，在我年老之後，還可以有機會讓我的疑惑，獲得答案。

到那時候才知道答案的感受，一定另有一番風味吧！

而如果人生是這樣思考的話，在當下，也就不會活得那麼患得患失……

CHAPTER 35 ／ 好朋友的約定

其實認真算起來的話，認識阿偉應該是從高一就開始了。

隔壁班的阿偉，常常藉著抄筆記的爛理由，跑來找我隔壁座位的小珍，也就是他的鄰居閒話家常。

就這樣透過小珍的介紹，不知不覺中，我和阿偉竟變成了無話不談的好朋友。

高二那年暑假，我們一群人在淡水的海邊吹著海風，看著煙火。

當年的我，不知道什麼是愛情，但我知道，我很喜歡跟阿偉聊天，那種感覺就像是，可以和他講上一輩子的話都不會厭煩。而阿偉也總是告訴我，他與他班上的「班花」之間的愛情故事。

「阿偉，如果我上了大學後，一直交不到男朋友的話，怎麼辦？」我問。

阿偉笑著說：

「怕什麼，如果到時候我也沒有女朋友，我們就在一起呀……」

我聽完後，感覺心裡很踏實，就像是，不管是怎樣的緊張關頭，我都還有一張鬼牌可以出的感覺。

上了大學後，我們的距離變遠了。

我到了台南的成功大學，阿偉卻留在了台北。

我們偶爾通通電話，但是，已經沒有那麼頻繁了。

大三那年，我被交往了兩年的學長提出分手。難過的我，在大學裡面，竟然找不到半個可以談心的朋友。

這時候，我打給了阿偉。

阿偉半夜從台北開車殺了下來，只為了看我不停的擤鼻涕。

當時的我，對愛情依舊懵懂，但我知道，我只要看到阿偉，我的悲傷就會減少許多，我的不安就會消失大半。而阿偉，則是不停的和我分享他與他女朋友之間的經驗。

「阿偉，如果我出社會以後，一直交不到男朋友的話，怎麼辦？」我問。

阿偉笑著說：

「怕什麼，如果到時候我也沒有女朋友的話，我們就在一起呀……」

話雖如此，每當我交到男朋友，和阿偉分享時，阿偉基本上身邊都是有女朋友的。

大學畢了業之後，我回到了台北工作，陰錯陽差的，阿偉卻被外派去日本，偶爾我們會在FB上閒聊，寒暄的話語卻多過了實際的交談。

三十歲那年，我成了公司老闆的外遇對象，痛苦的我，因為第三者的身分，只能活在暗地裡，我總算了解感情的樣貌，卻苦於無人可訴。

那樣的生活，過了三年。

中間，我自殺過、我半夜嚎啕大哭過、連續三天三夜醉過。就在我痛下決心結束了這段感情後，阿偉從日本回到了台灣。

感覺上，阿偉像是刻意回來看我的。

當時的我，雖然已經知道愛情為何，但我一直覺得，我的真命天子，還沒有出現。阿偉則是淡淡的描述著，他與日本女友間的情愫。

「阿偉，如果我到四十歲，還沒辦法結婚的話，怎麼辦？」

阿偉笑著說：

「怕什麼，如果到時候我也沒結婚的話，我就娶妳呀……」

或許是那段婚外情，把我傷得太重，接下來的幾年內，我一個男朋友都沒有交，自己過著獨立的生活。

四十歲生日那天，幾個同事幫我慶生，在許願的時候，我忽然想起了阿偉。

「我的第一個願望是，大家都有錢；第二個願望是，單身的你們趕緊結婚；第三個願望……」

阿偉的臉，清晰地，浮現在我眼前。

我似乎到這個時候，才忽然了解到，他對我的重要性，忽然好想、好想，實現和他的約定。不過自從他回來台灣後，這幾年我們幾乎沒有連絡。

我從舊的聯絡簿中找到了小珍的電話，卻聽到阿偉在去年得癌症過世的消息……

我一個人，幽幽地到了他的老家，見到了他母親。

高中時期，我見過的阿姨，現在看起來，多了不少歲月的痕跡。

上完香之後，阿偉的媽媽說：

「阿偉最後告訴我，如果妳來了，請妳到他房間坐坐……」

我不太了解這是什麼意思，但我還是遵循阿姨的指示，推開了阿偉的房間。

那個房間，很有阿偉的味道。牆上掛著他最愛的 NBA 魔術強森的海報，以及好幾張高中女生的照片。

那是……我高中時期的照片！

阿偉的桌上，放了一封收件人是我的信。

我悄悄的打開。眼淚，不自主的往下滑。

「不好意思，沒辦法實現我們的約定了，這輩子，我都對妳說最真心的話，只有一件事情，我騙了妳……其實一直到最後，我都沒有交過女朋友，只因為我擔心，哪一天妳會要我實現約定，而我身邊有人，所以我乾脆……一直單身，沒想到，還是等不到……」

也許，那年在海邊的暑假，我們就該實現，我們兩個之間的約定……

後記

這篇文章一出來，又有一堆人寫著似曾相識了。

我很想笑。只因為，這種事情不需要在別人的電影或是小說裡面似曾相識，因為只要是異性間的好朋友，幾乎都做過這樣的約定。

有時候創作並不一定要寫出沒人經歷過或是無巧不成書的內容。大部分「如有雷同，純屬巧合」的佈局，往往在你我身邊，更常見到，也更有共鳴。

我自己都曾經下過這樣的約定。

只不過，做下這種約定的彼此，到最後的結局各有不同。不是男方先結了婚，就是女人先嫁了人。

真的可以撐到最後的人，我想，就有資格寫成書了吧。

另外我要解釋的是，並不是H的故事都要死人。我只能說，不常經歷過身邊人死亡的妳，不代表世上死亡的頻率不高。

這是人生必經之路，也是人生中的元素。

CHAPTER 36 ／ 魔鬼的姿勢

我叫做 Diana。三十三歲，是家庭主婦。

幾年前從公司退回家裡，只為了老公 Paul 的一句：「我要圓滿的家庭」，於是我開始回家準備生產。

不太巧的是，我成為家庭主婦沒半年，老公就被外派到德國去，留下一個老父給我照顧。

Paul 過去的一個月後，我發現，我懷孕了。

照道理說應該開心的我，卻不敢對 Paul 講出這個消息。

因為在他離開台灣的一個月內，我先後和十來個男人發生過關係，這其中，甚

至包括了 Paul 在台灣的同事。

我分不清楚，這會是誰的小孩，也因此我考慮拿掉過。

但，紙包不了火。

在 Paul 的越洋電話追問之下，我只好告訴他這個事情。

是的，我懷孕了。我的肚子裡，孕育著一個『Mr. 哪位』的後代。在懷胎的那九個月裡面，我的內心充滿掙扎。

我不知道我是否應該在老公回來之前，假裝流產，還是若無其事的將小孩生下來。

只不過，是 Paul 的小孩的機率也不低。畢竟在他出國之前，我們也是頻率很高的在嘗試著。

隨著成為母親的喜悅越來越強烈的同時，很快地小孩已經出生，剛出生的小寶寶個個外貌相似，一時之間，也沒有人懷疑「來源」。

甚至連我自己，也無法分辨。半年之後，Paul 得到總公司調派的機會，順利回到了台灣。

再怎麼說，這也算是一家團聚了。

隨著小孩的成長，我那本應不可鬆懈的警戒心，也漸漸地消失。

也許是我不願去回想那一個月裡面，我是怎麼樣的鬼迷心竅，淫亂的與眾多不同身分的人交媾。無形之中，那段時光也就淹沒在我日常瑣事的記憶底層。

不過，小朋友五歲那年，讓我害怕的事情發生了。

自從 Paul 看著他出生之後，雖然曾經面露過奇特的神色數次，但總是相信這是自己的小孩，而不去多想。

只不過，這個晚上，在我們的家裡面，一個小小的事情，卻讓 Paul 露出了不可置信的神情。

自從小孩學會走路之後，在家裡已經來去自如。

這晚 Paul 卻突然像是發現新大陸般的叫著：

「媽咪，妳看，小寶貝走路是外八耶！」

「喔……」正在看著電視的我並不以為意。

「可是……我們兩人都很正常耶，甚至妳還算是內八……」Paul 的話，似乎隱藏著什麼懷疑。

我這時開始不安了起來。

「那怎麼了？寶貝還小啦……看不出來吧……」

Paul 這時還是聚精會神的看著小孩走路。

「外八是會遺傳的，可是……我們兩個都沒有……」Paul 的眼神看向我，像是要把我看穿似的。

「而且……他走路的姿勢……好像一個人……我越看越覺得熟悉。」Paul 的眼神看得我，背後整片衣服，都逐漸的被冷汗浸濕。

一時之間，客廳中充滿了詭譎的空氣。沉靜了幾秒之後，Paul 大叫了一聲：

「我知道是誰了！」Paul臉上露出不可置信的表情。

而我，坐在客廳的沙發上，一動也不動的等著Paul宣告死刑。

事實上，連我自己都不知道到底是誰，沒想到就在這麼一件小小的事情上面，讓Paul給發現了……

「是……隔代遺傳！」這時候公公恰巧往客廳走了過來。

「妳看，小寶貝和我爸走路的姿勢根本一模一樣……哈哈……」

Paul看著公公，兩個人都笑了，我一顆掛在空中的心，這時才算是安全著地，心臟病差點沒被刺激到發作。

只不過，這時候公公轉過頭來，給了我一抹微笑……

我如同被電擊般，渾身發抖著說不出話來……那笑容，和幾年前的那晚一樣。

我看著他們祖孫兩人走路的姿勢……我終於知道，那是誰的小孩……

後記

這篇文章當時在網路上引起了不小的騷動，很多人留言說，這不是H的風格，或是說這種感覺令人不舒服。

我其實有點無奈。

因為，我從來就沒說過，我要寫的文章都是令人舒服的。

我希望我不是一個迎合讀者的作家，也因此，我有自己創作的重點。

我喜歡我的文章，帶給人們感動、感激、感情，這包括各種感受。

我的短篇文章，的確是讓年紀輕的人看起來感覺比較沉重，而我想說的重點，更加不是在於最後的結局驚奇與否。

我說過，結局不是最重要的。

重點在於，這故事背後帶給人的想法。

甚至於這故事結束之後，可以想像的空間。

其實沒有經過ＤＮＡ的驗證，根本也無法判斷誰才是真正的父親。只不過，當妳先做了魔鬼的行為之後，當然後果就是，妳處處所見，都像是，魔鬼的姿勢……

愛小說 03

怎能忘記我愛你

出版發行
橙實文化有限公司 CHENG SHI Publishing Co., Ltd
粉絲團 https://www.facebook.com/OrangeStylish/
MAIL: orangestylish@gmail.com

作　　者 H
總 編 輯 于筱芬 CAROL YU, Editor-in-Chief
副總編輯 謝穎昇 EASON HSIEH, Deputy Editor-in-Chief
業務經理 陳順龍 SHUNLONG CHEN, Sales Manager
美術設計 楊雅屏　Yang Yaping
製版／印刷／裝訂 皇甫彩藝印刷股份有限公司

編輯中心
ADD ／桃園市中壢區永昌路 147 號 2 樓
2F., No. 147, Yongchang Rd., Zhongli Dist., Taoyuan City 320014, Taiwan（R.O.C.）
TEL ／（886）3-381-1618 FAX ／（886）3-381-1620
MAIL: orangestylish@gmail.com
粉絲團 https://www.facebook.com/OrangeStylish/

全球總經銷
聯合發行股份有限公司
ADD ／新北市新店區寶橋路 235 巷弄 6 弄 6 號 2 樓
TEL ／（886）2-2917-8022　FAX ／（886）2-2915-8614

初版日期 2023 年 3 月